ERA O HINO LÁ DE CASA

institut ramon llull

A tradução deste livro contou com o apoio do instituto Ramon Llull

Era o hino lá de casa

MARIA CLIMENT

Tradução
Rodrigo Leite

Para o Carles

MARGA

Quando nasci, minha mãe não falava. Só foi começar a falar quando eu já tinha sete anos. Lembro bem dessa época. Acho que aprendi a falar graças a todas as outras pessoas que me paparicavam: meu pai, minha irmã mais velha, minha avó, as vizinhas e as professoras da escola. Ela me beijava (mas não muito; não era exatamente a mais carinhosa da cidade) e cuidava de mim do mesmo jeito, só que dizer, não dizia nada.

A história é um pouco enrolada, mas vou contar mesmo assim. Minha mãe tinha um soluço crônico. Não de um jeito agressivo (acho que, se fosse assim, acabaria se jogando de cima do terraço), e sim tendo um soluço a cada vinte, trinta minutos. Um troço incômodo, mas suportável, levando em conta que nunca chegou a se suicidar enquanto isso durou, coisa de uns vinte anos. O fato é que, no hospital onde ela trabalhava (era clínica geral, veja só), todos os seus colegas queriam estudá-la porque, pelo visto, ter soluço crônico é algo muito pouco frequente.

— Querem me enfiar uma câmera goela abaixo para ver se acham o soluço com um cartaz que diga "estou aqui, tirem-me". Para eles está claro.

Enfim, enquanto não permitia que lhe investigassem isso do soluço, os colegas experimentaram maneiras e mais maneiras de acabar com ele pelos métodos pagãos, que consistiam em beber um copo d'água de cabeça para baixo, beber um copo d'água com o corpo reto, mas dando golinhos muito pequenininhos, pressionar a artéria na altura do pulso durante alguns minutos, perguntar o que você jantou e o que almoçou e o que comeu no café-da-manhã, e no jantar de ontem? E no almoço? Até a histeria sideral. Mas o método preferido deles para tentar mandar o soluço da minha mãe embora era dar sustos. Pelo jeito era uma farra. Primeiro usavam o típico "uh" repentino por trás. Depois a coisa acabou degenerando em se esconder debaixo da mesa ou dentro do armário do consultório dela e aparecer quando menos se esperava.

Parece que um dia, contam que no outono, depois de um desses sustos que lhe davam os sem-vergonhas do hospital na tentativa de fazer o soluço passar, ela ficou muda. Virou a cabeça para eles muito enfezada, abriu um pouco a boca como se fosse dizer alguma coisa, mas não disse. Fechou-a sem dar um pio e continuou assim, sem falar, durante nove anos e dois meses. Minha irmã tinha cinco anos quando minha mãe se calou. Dois anos depois daquele dia, eu nasci.

O fato é que o soluço dela passou, certamente por não falar, por uma questão de respiração e de movimentar o diafragma de um jeito diferente em consequência disso, mas evidentemente a versão populista se vangloriava de ter tirado o soluço dela com um susto, e considerava que ter ficado muda era apenas um dano colateral.

Minha mãe tinha vinte e oito anos naquela época. Havia tido a minha irmã quando estudava para a residência médica. Precisava fazê-la em Barcelona, assim queriam meus avós, que eram de Tortosa e de boa família, e de fato tirou nota suficiente para entrar em cirurgia no Clínic (que na verdade era a vocação do meu avô, que também era médico, embora clínico geral). Mas, assim que terminou o sexto ano de Medicina, engravidou "do desgraçado do seu pai", que é como se referia a ele o meu avô materno, que além de ser de boa família também tinha preconceito de classe e ia à missa. E ela precisou se casar e permanecer perto de casa, e foi assim que se acabaram as pretensões urbanitas da minha mãe e sabe-se lá se também sua alegria inteira, porque contente mesmo eu nunca a vi. Aliás, ninguém entendia qual estrela havia explodido para que um casal como o constituído pela minha mãe e o meu pai começasse a se formar. Pois pertenciam a dois sistemas solares diferentes.

O soluço da minha mãe começou por causa de uma operação quando era pequena, porque tinha desvio do septo nasal. Tinha oito anos e roncava mais que o seu avô Cosme, que morava com eles, algo que o pai dela não hesitou em mandar erradicar. Quando se recuperou da intervenção, começou a respirar pelo nariz e, numa espécie de embriaguez de oxigênio, tinha um soluço a cada vinte, trinta minutos, como já contei para vocês. E isso durou até o dia em que deixou de falar, vinte anos depois.

Não pensem que, lá em casa, meus pais se separaram quando minha mãe deixou de falar, nada disso. Meu pai trabalhava no campo, e o fato de um dia, ao chegar em casa à tardinha, encontrar minha mãe à mesa da cozinha com um cartaz que lhe anunciava "perdi a fala" não chegou a perturbá-lo. "Já vi coisa pior", respondia ele quando comentava com alguém da cidade sobre o que acontecera com a sua mulher. Francamente, não sei o que meu pai deve ter visto de pior; nunca dava nenhum exemplo de algo pior do que a minha mãe ter perdido a fala. Vai saber. Aparentemente, durante um ano inteiro não se falou de outra coisa em

Arnes. Segundo meu pai, se um extraterrestre baixasse ali e pedisse um Soberano no bar do centro social não teria dado mais o que falar. E quando foi vista grávida (de mim, no caso) pelas ruas da cidade, nem digo nada. "Mas se ela não fala! Agora, pro *nheco-nheco* não precisa falar!"

Conta minha irmã que, em casa, a nova situação foi encarada como se minha mãe tivesse mudado de visual, ou ficado meio manca, ou de repente passasse a votar na direita. Foi tratado como uma mudança de estado, de certa maneira: agora você usa cabelo curto, agora você manca, ou aderiu ao PP ou coisa assim. Agora a Erne não fala. Fazer o quê.

Como assim temos que nos separar por causa disso?, dizia o meu pai quando alguém insinuava o tema. Como se a comunicação fosse uma questão totalmente secundária numa relação, ou muito pelo contrário. Embora que essas coisas eu só vim a pensar quando já era mais velha. Naquela época tudo me parecia normal, como ao meu pai. Não fala? Pois que não fale.

Mudez à parte, nossa casa tinha um hino. Foi ideia minha. Tínhamos um hino e o cantávamos se o momento exigisse. Começou assim: ocorre que meu pai tinha sempre uma coisinha roendo, roendo. Vinha da garganta. "Estou com uma matraca!", dizia. E então tossia. Acontece que tinha desenvolvido uma musiquinha de matraca, e sempre fazia a mesma. Fazia assim: cof-cof--cof-coooof!, e soava como um sol-si-ré-sooool. Fazia isso umas quatro ou cinco vezes por dia durante o tempo em que estava na nossa frente, imagino que quando estava no campo devia fazer mais algumas vezes. Depois de alguns anos observando-o, um dia, enquanto ele tossia ao ritmo de um arpejo maior, estendi a mão reta sobre o peito e me pus em posição de sentido enquanto olhava de canto de olho para a minha irmã, na esperança de que se juntasse à bobeira e se matasse de rir comigo (o que aconteceu). Desde aquele dia, quando tínhamos alguma coisa para anunciar ou celebrar, em primeiro lugar, na nossa casa, ficávamos em posição de sentido, a mão no peito, cof-cof-cof-coooof e "passei na prova", "arranjei trabalho" ou "a Marta, filha do açougueiro, está grávida do Quico, o bonitão".

No fim das contas, a coisinha roendo o meu pai era um câncer.

Agora faz anos que a minha mãe mora em San Gimignano. Quando enviuvou, quis ir para lá, não porque tivesse família ou alguma amizade, mas porque tinha visto *Sob o sol da Toscana* muito tempo atrás e, cá entre nós, havia pirado. Já fazia tempo que tinha começado a estudar italiano à tarde com um livro que comprou, chamado *Italiano fácil*, a economizar às escondidas e a olhar casas à venda na Toscana. Só havia lhe escapado aprender aquilo do modo incógnito no computador, porque minha irmã olhava seu histórico, e por isso digamos que já tínhamos certeza de que planejava nos abandonar quando encontrasse o momento certo. Então poderíamos dizer que, fazendo uma cronologia, foi morrer meu pai para ela largar o trabalho, com a casa na Toscana já apalavrada e o dinheiro juntado. Mas atenção! Não estou dizendo que lhe viesse a calhar nem que quisesse que ele morresse, mas também é verdade que meu pai não entrava nesses planos de renascimento da minha mãe. Se fosse para representar num gráfico, seriam traçadas duas linhas mais ou menos paralelas que acabariam confluindo em um mesmo ponto. Meu pai morto, minha mãe em San Gimignano, e a casa de Arnes à venda. Mas não tem problema, dizia ela, porque sua irmã já é casada, enquanto você vive nas barcelonas e não deve ter motivo para voltar nunca mais à cidade.

Agora vivemos as duas, a Remei e eu, "nas barcelonas", mas quase nunca nos vemos. Nunca tem tempo para nada, a minha irmã. Se bem que hoje mesmo recebi uma mensagem dela.

"Precisamos ir ver a mamãe." Acho estranho que me escreva. Às vezes acho que ela não gosta muito de mim.

"Aconteceu alguma coisa com ela?", respondo.

"Comigo." É a típica resposta seca que minha mãe também teria dado. As duas têm uma aspereza genuína que eu não tenho.

"Com você? Não me diga que quebrou uma unha!" Nunca esperdiço a oportunidade de usar a passivo-agressividade com a Remei, não vou negar. "Não! Espera! Você passou a usar tamanho quarenta!" Tento fazê-la rir para quebrar o gelo, já sabendo que não vê graça nenhuma no que estou dizendo.

"Te conto pessoalmente. Saímos na sexta-feira. Voo VY1423, 8:50, T1 BCN (El Prat)." É tão dela isso de especificar que saímos do aeroporto El Prat de Barcelona, de me tomar por ignorante, ou seja, que me faz rir. "A gente se encontra no portão de embarque uma hora antes."

"Ah, estou vendo que você já pensou em tudo. Pelo menos me pergunte se tudo bem por mim, né?"

"Tudo bem por você?"

"Sim."

"Ok."

"E a volta?"

"Depois a gente vê."

"???"

Não me responde mais. Como sempre dou um jeito de trabalhar nas folgas de Natal e assim não notar tanto que passo as festas sozinha desde que meu pai morreu e a família implodiu, já sei que não terei problema em me darem férias agora na floricultura. Posso pegar dez dias úteis.

Então nos encontramos no portão de embarque. Chego em cima da hora, esbaforida, suada apesar de ser fevereiro. Deve fazer uns dois meses que a Remei e eu não nos vemos, e isso que moramos na mesma cidade. Tenho certa curiosidade de ver como ela está. Certamente estupenda, para variar. Merda, estou atrasadíssima, vou encontrá-la puta da vida. As pessoas já estão formando aquela fila absurda para entrar no avião, quando poderiam entrar num acordo para continuar sentadas nas cadeiras até que abrissem o portão. Agora a vejo e, xi!, veio com o Teo. Estão parados na fila deixando as pessoas passarem porque ainda não cheguei. Efetivamente de cara amarrada e, para minha surpresa, menos estupenda, não sei, menos luminosa que em outras vezes.

— Já estava achando que você não vinha.

— Oi, Remei. Também estou feliz de te ver — chuac, chuac — Como você está? Oi, Teo! Como você cresceu! -- e volto a me dirigir à Remei — O que você tem que me contar? — digo, arfante, enquanto tiro o casaco e lhe entrego a bolsa para segurar, como se ela fosse me contar que se matriculou num curso de Excel, ganhou um aumento, ou alguma coisa banal desse tipo. A Remei, no entanto, é mais de ficar calada enquanto não chega o momento adequado de dizer. É o que me avisa, "quando chegar o momento te contarei", com a nossa linguagem do silêncio, ou seja, me diz isso com o olhar. (Muitas coisas nos dizemos assim, fruto de muitos anos de comunicação silenciosa em família.)

— E você como está, Marga? Já fazia tempo que a gente não se via — diz isso como se acabasse de descobrir.

— Claro, você está sempre tão ocupada! O trabalho, a família... Aliás, como vai o Gerard?

— Bem, vai bem.

— Por que ele não veio?

— Ele não sabe.

— O quê?

— Que estamos aqui — diz baixinho, para que o garoto não ouça. Eu a olho e levanto uma sobrancelha, a direita; a esquerda eu não sei levantar. — Deixei um bilhete para ele na geladeira. — A minha expressão facial adquire um ar exagerado de caricatura para ressaltar minha interrogação. — Estou meio enrolada, Marga. Depois conto para vocês. — Você nunca verá minha irmã contando duas vezes a mesma história, de modo que esperará que todos os envolvidos estejam presentes para expor uma única versão.

— A mamãe sabe que estamos indo para a casa dela?

— Sim. Disse que esta semana não era muito boa para ela, que tinha sei lá o que, mas eu lhe disse que não havia opção, que já tínhamos as passagens. Ela vem nos buscar no aeroporto. — Está claro qual é a filha preferida porque, quando fui sozinha um ano depois de ela se mudar, me disse que "não estava a fim dessa correria" e não veio me buscar, mas considero que não é hora de falar disso. — Mas ela não sabe por que estamos indo. Não sabe nada desse meu negócio, quero dizer.

Passo o voo todo remoendo esse "meu negócio".

REMEI

Não é do meu feitio isso de pegar um voo de uma hora para outra. Mais ainda: de percorrer mil e noventa e dois quilômetros para pedir ajuda à minha mãe e levar comigo minha irmã caçula, como se a desmiolada da Marga pudesse oferecer qualquer opinião suficientemente sensata sobre como encarar a vida. Mas aqui estou, um pouco mareada, dentro de um avião com destino a San Gimignano, com uma sensação de ter perdido o controle das coisas. Eu, que desde os doze anos tenho um Excel mental do que minha vida deveria ser, e o segui à risca até hoje: menção honrosa na formatura do colégio, nenhuma reprovação no curso de Medicina, uma das vinte melhores notas na minha prova para a residência. Marido (médico como eu), filho, apartamento próprio (no Eixample); amigos, amigas, aulas de Pilates, dois jantares por ano com os colegas de trabalho, dinheiro para uma babá. Que mais eu quero? O que pode ter dado errado? Em qual ponto exatamente perdi o fio da meada do que deveria ser uma vida feliz.

Na verdade eu sei, sim: trabalho cinquenta e nove horas por semana e, quando não estou trabalhando, tenho enxaqueca e sou mãe. Acho que deveria ser rica, levando em conta o trabalho que faço e as horas que dedico a ele, mas, fazendo as contas, me rende doze euros por hora, que é o mesmo que eu ganhava num verão enquanto estudava e fui ser monitora de lazer infantil em Valderrobres. De modo que nós dois juntos pagamos a hipoteca, as atividades extracurriculares do Teo e as prestações do carro, mas nada de passar quinze dias nas Maldivas ou em Punta Cana todo verão. O Gerard pelo menos parece feliz com a sua vida. Ele não precisa se medicar: aos sábados sai para jogar *padel* e depois vai tomar uma cerveja, tem um grupo de pesquisa, fazem entrevistas com ele, e nunca me pergunta como estou.

Minha mãe acha que quis fazer Medicina para me parecer com ela, porque a admirava ou para que ficasse orgulhosa de mim, algo assim, mas na verdade o que eu queria era entendê-la. E por isso estudei psiquiatria. Sempre me perguntei o que levaria uma mãe a deixar de dirigir a palavra às suas filhas e a todo mundo. Agora sei que não se trata de uma patologia. É um mutismo seletivo levado ao extremo. Seis anos de faculdade, mais um ano de preparação para a residência, outros quatro anos de residência e treze anos de profissão depois, ainda não desvendei o grande enigma da minha mãe. Alguém poderia pensar que seria mais fácil perguntar a ela, mas sempre que fizemos isso ela respondeu com evasivas. Com frases como é tão fácil botar a culpa nos outros, cada um tem os seus fantasmas, ou todo mundo faz o melhor que pode. *Gaslighting.* Desculpas para si mesma. Falta de responsabilidade.

Desde a morte do meu pai a noto mais animada. Também é verdade que alterei a prescrição de sertralina dela, mas não, não atribuiria isso apenas à química. Agora, na Toscana, ela parece outra pessoa. Ou talvez tenha sido outra pessoa durante todo o tempo anterior, e na verdade ela é esta.

Pousamos. Por sorte minha mãe não pergunta nada no trajeto até sua casa; como se fosse normal que as filhas e o neto aparecêssemos em comitiva, numa viagem improvisada depois de cinco?, sim, cinco anos sem nos vermos. Devo dizer que essa discrição me agrada. Também eu sou da opinião de que se alguém quer contar alguma coisa, em algum momento contará. Em geral, as pessoas tendem a ser muito invasivas, como a Marga, que entra no banheiro mesmo que esteja ocupado, ou meu pai, que fazia cocô de porta aberta. Enfim, não sei por que isso me veio à cabeça bem agora. Quero dizer que com a minha mãe isso não me acontece. Minha mãe é como eu; bom, não: minha mãe é uma versão radical e blindada de mim.

MARGA

Eu queria rodar um plano-sequência da chegada ao aeroporto de Florença para registrar tintim por tintim todos os detalhes a conversa a três que mantemos sem palavras. Minha mãe nos espera sozinha, alta, enxuta e com um novo visual: cortou o cabelo curto e o tingiu de branco-violeta. Está bonita. Tem um ar meio involuntário de ex-atriz. Quando vivia conosco em Arnes parecia mais velha. Só de trocarmos olhares triangulados à medida que nos aproximávamos já se sabe que:

— Temos problemas.

— Como assim? O que há de errado?

— Mais tarde em casa te contamos.

— Preciso me preocupar?

— Mais tarde em casa, vamos indo.

Chegamos à casa dela através de um caminho que vai se estreitando e no final sai do asfalto e o resto é todo de terra. A casa está cercada de um mato que não é grama, é mato, sei lá, mato natural, e há duas oliveiras e um limoeiro. Na verdade, e por mais que me doa, é um lugar encantador. Tenho certa inveja desse lugar que tomou minha mãe de mim, mas nunca confessarei isso a ninguém. Tem uma varandinha com poltronas de vime; a casa não é muito grande e de fora parece meio descuidada. A casa vizinha mais próxima deve estar a trezentos metros, a segunda a seiscentos, e depois já não se vislumbra nenhuma outra casa. Convida-nos a entrar e, como a Remei e eu já estivemos aqui antes, a mostra ao Teo como se fosse uma corretora imobiliária, quarto por quarto, ignorando o fato de que o menino tem oito anos. A casa está bonita, ao gosto dela mas bonita, uns cômodos mais reformados que outros; uma salinha de estar com uma lareira para o inverno, uma cozinha que dá para a varanda e onde o sol bate a manhã toda, o quarto onde ela dorme, muito branco e sóbrio igual a ela, um banheiro com uma banheira antiga no meio, e um quarto de hóspedes, mas que, como não espera hóspede nenhum, diz, ela chamou de quarto dos caprichos.

— Dos caprichos? — deixo escapar.

— Sim, para ler, para fazer sudoku, para meditar... — Então a interrompo.

— Ah! Você medita?

— O que você acha que fiquei fazendo durante os anos em que não falava? — Claro. O quarto em questão é bem pequeno, não fiquem achando que é um cômodo superestimulante, nada disso. Uma poltrona de mil novecentos e bolinha que não parece ser muito cômoda, uma mesa com uma perna bamba, uma janelinha gradeada, uma luminária e um tapete marrom. E então quatro caixas cheias de coisas em um canto, entre as quais creio ter reconhecido fotos nossas que antes ficavam na sala de jantar da casa de Arnes, e, por algum motivo, depois de tantos anos não chegaram a encontrar um lugar na casa da minha mãe. Ela então continua:

— Para fazer alongamento, para ensaiar...

— Ensaiar? — Confesso que me faz rir. — Ensaiar o quê?

— Não pretendia dizer, mas, como depois vocês me recriminam se não falo, o fato é que virei palestrante.

— Que conversa é essa?

— Dou palestras.

— Dizendo o quê?

— Motivacionais.

— E você motiva a fazer o quê? A ficar calada? — A Remei bem que tenta, mas não consegue segurar o riso depois desse comentário meu, o que me deixa contente como quando éramos pequenas e eu a fazia rir.

— Está entendendo por que eu fui embora? — Muito séria. — Porque com vocês não posso ser eu.

Aqui se faz aquele silêncio violento que nasce com uma impertinência. E prosseguimos com as boas-vindas. Minha mãe comprou um colchão de casal inflável e o instalamos no seu "quarto dos caprichos". Afinal acabaremos dormindo eu no sofá, o Teo e a Remei no colchão inflável. Em meio a tudo isso, o Gerard fica ligando compulsivamente para a minha irmã e ela não atende. A conversa com palavras se torna inevitável. Ela acontece na varanda enquanto o Teo brinca de fazer gols com uma bola furada e suja que estava pelo jardim e um gol que improvisei para ele quando chegamos com quatro galhos e dois vasos velhos.

— Bom, e então? — diz minha mãe.

Nota-se que a Remei não sabe por onde começar. Então sou eu quem dá início ao drama:

— Anda, você disse que está meio enrolada. — Minha mãe volta a vista para a Remei e ergue uma sobrancelha como quem diz "conta". Fico contente por, uma vez na vida, não ser eu a protagonista da merda toda.

— Estou grávida.

— Uh! — reconheço que por essa eu não esperava. — Com quarenta e dois anos! — me precipito em dizer. Quando estou nervosa digo muita coisa sem pensar. Bom, já está dito. Fazer o quê. Ela me olha muito de cima para baixo, que é onde realmente está, e nem se digna de me mandar à merda.

— Parabéns, imagino. Achava que você tinha parado de tentar fazia anos — diz minha mãe, numa das poucas vezes em que a vi desconcertada.

— Não, não. Não. Vocês não estão entendendo.

— Acho que eu sim estou começando a ligar os pontos, hein? Agora você não quer mais ter! Queriam tanto um irmãozinho para o Teo! — Entre irmãs, sempre nos damos uma confianças que qualquer outra pessoa quebraria a sua cara.

— Não tenho certeza. Não. Não sei.

— E o Gerard, diz o quê? — atalha minha mãe. Mas a Remei demora a responder. Aqui ocorre outra troca de olhares que é a marca registrada da casa. Olhares Calapuig, poderiam se chamar. Minha mãe e eu então entendemos que o Gerard não está sabendo.

— Você está de quanto? — pergunto.

— Cinco semanas. — O silêncio entre a resposta e a pergunta seguinte oscila entre a estupefação e o absurdo. — Fiquei sabendo há dois dias. Então comprei as passagens.

Talvez eu seja uma frustrada invejosa, mas o fato da minha irmã, a psiquiatra, a que se casou com o namorado bonitão e inteligente lá da nossa cidade, a do apartamento próprio no Eixample, a da vida perfeita, em suma, o fato dela me fazer pegar um voo para me comunicar toda borocoxô que está grávida, vocês vão me perdoar, mas para começo de conversa já não me pareceria uma notícia terrível nem um drama, que é o que está parecendo.

— Você não contou para ele, né? — diz a minha mãe.

— É que eu diria que não é do Gerard.

Bum.

Certo.

Agora entendi.

— Quero dizer que não, não é do Gerard. Certeza.

— Uau. — Não me ocorre dizer mais nada.

— De quem é? — O hiper-realismo da minha mãe parece não ter alucinado. Fala em um tom de absoluta normalidade. Como se acontecesse diariamente.

— Não importa de quem é.

— Escuta — digo. Ela me olha por cima dos óculos de ver de perto. — Assim... um pouco importante é, né?

— Não é.

— E o que você pretende fazer? — E antes que minha irmã possa responder à minha mãe que não sabe, irrompo:

— Cara, diz para a gente quem é, né?

— Você quer saber só pela fofoca! — Salta à vista que a minha irmã é mais inteligente que eu, ou pelo menos isso venho achando a vida toda, eu e todo mundo, de modo que, mesmo que não fosse assim, tanto faz, já que é uma hipótese mundialmente aceita. Ou seja, que ela me saca na hora.

— Você quer se separar? — diz minha mãe.

— É possível.

— Em algum momento você vai ter que atender quando ele ligar — digo eu.

— Estou com um bloqueio.

— Você sente alguma coisa? Da gravidez, quero dizer — pergunta minha mãe.

Ela fica alguns segundos olhando para o nada e então diz:

— Não. Aliás, pensando agora, não parei de me medicar. Bom, não que eu possa parar de um dia para o outro, mas, poxa, acho que isso também é um indicador de alguma coisa que não tinha nem cogitado.

— O que você toma? — intervém minha mãe, num tom repentinamente curioso, como se essa pergunta fosse parte de outra conversa.

— Sertralina. Comecei a tomar há anos, pouco depois do Teo nascer, quando percebi que estava deprimida.

— Depressão pós-parto? — digo. Como passei a vida toda no meio do jargão médico do qual me excluem, às vezes tento mostrar que também o domino.

— Depressão normal, eu diria.

— Por que você não me disse que estava deprimida? — pergunto.

— Porque até quatro dias atrás você estava mais verde que um aspargo! O que você poderia fazer por mim, se não sabia nem o que fazer da própria vida! Ia convidar a mim e ao Teo para ir a um apartamento onde você ficava fumando maconha com mais um punhado de noias? — Fico quieta porque, pensando bem, tem razão. — Pois se eu precisei te dar dinheiro sei lá quantas vezes! Você que precisava de mim. — De repente, me sinto muito envergonhada. Minha mãe permanece imperturbável.

— E para a mamãe, por que não falou nada até agora?

— A mamãe sabia, sim.

— Eu sabia, sim. — Ah, olha só, nesta família, desde o dia em que meu pai morreu, sempre me senti a outra. A esquisita. Sendo que de esquisitas já bastam elas. E isso já faz quinze anos. Naquele momento o telefone da Remei volta a tocar. É o Gerard. Ficamos as três olhando o celular como se fosse o próprio Hannibal Lecter ligando.

— Você precisa atender e encarar — diz minha mãe.

— Não consigo.

— Quer que eu atenda? — proponho a sério. Finalmente ela atende.

— Gerard, amor! — diz a Remei num tom absolutamente hipócrita que me deixa fascinada. — Viu o bilhetinho, né? — Se ouvem sem problemas especificamente as palavras "cara, você consegue ser mais esquisita que a tua mãe". Minha mãe e eu nos olhamos nesse ponto, como que dando-lhe razão. "Aliás, você está bem? Você acha certo me contar por um bilhete na geladeira?!".

Então a Remei se ergue da cadeira e entra na casa para conversar sem ser ouvida. Quando volta, nos diz:

— Tudo resolvido. — Parece mais leve.

Com a língua do silêncio, minha mãe e eu estamos pedindo as mesmas explicações. Ela nos responde:

— Nããããão! Não, não! Mas ganhei tempo. Tudo com calma. Tudo encoberto por uns dias mais. Se para vocês for tudo bem ficarem com o Teo e passarem para me buscar de carro à tardinha, vou daqui a pouco dar uma volta na cidade, que estou a fim de caminhar sozinha para ver se clareio as ideias. Por enquanto ficamos aqui a semana toda e vamos vendo.

Vamos vendo. Esse é o plano magistral da minha irmã, que embuchou de alguém que tanto faz e que não sabe se vai ter o bebê nem se vai se separar do seu homem. O Teo entra perguntando pelo almoço, a temperatura é de oito graus, o céu está cinza, e há uma umidade relativa de setenta e três por cento. Tudo indica que choverá na Toscana hoje.

ERNE

Não digo que não esteja contente de ter as meninas por aqui. Claro que as amo. Acontece que eu acho esquisito. Conviver com elas pertence à vida de antes. Estou tentando fazer uma nova, uma que eu tenha escolhido. A Marga é igualzinha ao pai. E a mais velha, bom, a mais velha não sabe, mas a verdade é que também lembra ele. É mais parecida comigo que a Marga, mas, dependendo da expressão facial, é uma total desconhecida para mim. Às vezes isso me faz sofrer.

Também não digo que tenha fracassado na criação delas. Eu acho que, se você as mantiver com vida, der todas as oportunidades para serem o que quiserem (elas aproveitarem ou não já não é problema meu) e elas não parecerem muito alteradas, já se pode considerar isso como um não fracasso. Da Marga eu não esperava mesmo grande coisa, já disse que é igualzinha ao pai e amalucada. Tem trinta e cinco anos e mora com desconhecidos em Barcelona, veja você; trabalha numa floricultura, o que já está de bom tamanho, mas me pergunto para onde vai a sua vida, se é que vai a algum lugar, ou se simplesmente está esperando alguma coisa que a revolucione. Desde que saiu com o Josep Maria quando era jovenzinha, nunca mais se soube de nenhum outro namorado-namorado. Nem namorada, veja bem! Porque para mim tanto faz. Agora, que sorte que não acabou com o Josep Maria, porque os pais dele são insuportáveis.

Quando a Remei se casou, a Marga não queria nem ouvir falar dessa história de ter namorado. Um namorado fixo, quero dizer. A ideia de escolher alguém e ficar ali ao lado dele a vida toda me dá pavor!, dizia ela. Era como se lhe dissessem: tranque-se num convento. Não lhe tiro a razão. Mas acontece que ela queria só brincar, como se diz. Preferia passar do hippie ao cantor autoral, ao boêmio, ao ativista, ao vegano, ao comediante de *stand-up*, ao escalador e ao bombeiro (se bem que estes dois últimos perfis costumavam coincidir) e então reiniciar o círculo. Agora já não sei o que lhe passa pela cabeça. Certo, ela não vai admitir, mas diria que agora gostaria de ter escolhido bem. E na hora certa. Agora que ela sabe que existem as rugas no pescoço. Ela achava que tinha todo o tempo do mundo. Ontem a ouvi dizer à irmã que "acontece que todos os homens solteiros da minha idade arrastam filhos e ex-mulheres ou, se ficaram solteiros, alguma maluquice têm, como diz a mamãe". No fim das contas me dão razão.

A Remei só tirava dez. Estudava na véspera da prova e tirava dez. E isso que era dessas pessoas que saíam da prova com cara de quem cheirou ovo podre, dizendo que tinha ido mal. Só que ir mal para ela era um sete e meio. (Eu fazia a mesma coisa. Aliás, se alguma vez tirou sete e meio fechei a cara para ela durante alguns dias.) A nota final era sempre excelente. "Ela vai bem em tudo", diziam todas as tutoras. "Poderá fazer o que quiser." Evidentemente que nem pensou duas vezes: faria Medicina como a mãe. Mais estranho é que o Gerard também tenha feito Medicina. Todos diriam que ele estudaria Arquitetura ou Engenharia, ou Administração, que fosse, e ficaria com o negócio do pai. Mas não, na última hora disse que afinal havia decidido fazer Medicina como a Remei. Devia estar muito apaixonado, coitado! Sempre fiquei na dúvida de se a Remei ficou contente ou não com essa decisão. Com o tempo, passei a lamentar que a Remei, por ter um namorado tão perfeito, perdesse a chance de dividir apartamento com algumas amigas; eu teria gostado de ter um pouco de liberdade quando jovem. Não é que eles não tivessem liberdade, pois faziam o que quisessem! É que, aos dezoito anos, passaram de morar com os pais a levar uma vida praticamente de casados. Também foi estranho que ambos escolhessem a mesma especialidade.

Mas daí que agora, aos quarenta e dois anos, me apareça embuchada de outro!... Por outro lado, quem sou eu para recriminar uma coisa dessas, suponho. Sempre achei que devo uma explicação a elas. Ao que me consta, não entenderam que eu tenha emudecido. Mas é que, sei lá, meninas, a vida é dura. Poxa, depois de tanto tempo já poderiam ter digerido. Às vezes não entendo o que mais querem de mim. Desculpas? Não sei se deveria avisá-las da palestra da quarta-feira. Talvez se forem e ouvirem já valerá como um pedido de desculpas.

— Mamãe, não me diga que não tem creme demaquilante!

— Se você não se maquiasse não precisaria tirar a maquiagem.

— Sim, claro! Se eu não me maquiasse, os cachorros latiriam para mim!

Olho para ela como quem diz, vamos, não é para tanto.

— Mamãe, você e a Remei são bonitas. É uma coisa objetiva. Você tem sessenta e cinco anos, não se maquia, e está bonita! Eu, se aos vinte e cinco anos não me maquiasse... ainda seria virgem!

— Nossa! Isso é coisa que se diga à sua mãe! — A Marga tem um descaramento que não sei de onde tirou. A Remei nunca me falou assim. — O que você deveria ter feito aos vinte e cinco anos era acabar uma das duas faculdades que começou — Sei que ela sente o golpe, porque abre a boca para me responder mas não responde. É difícil nos entendermos, a Marga e eu, mais do que conversar discutimos, quando nos vemos. Não sei se não superou o que aconteceu com o pai dela, ou se guarda rancor de mim por ter ficado sem falar. Ou talvez, e por mais duro que pareça, o que acontece é que eu não gosto do jeito de ser dela, e ela não gosta do meu. Às vezes, as relações familiares são assim de simples. Queríamos que o outro fosse diferente. — Preciso ir à estação apanhar a Remei. Quer vir comigo e assim você vê a paisagem do carro?

— Está de noite, mas tudo bem. Não tenho mesmo nada melhor para fazer. — Às vezes parece uma adolescente. Quase sempre parece uma adolescente. — Tem falado com alguém da cidade ultimamente? — pergunta a Marga já dentro do carro em movimento. Na verdade, está me perguntando pelo Jaume. Acha que não percebo.

— Sim, na semana passada, eu acho.

— Com quem?

— Com o Jaume.

— Ah, é?? — É o que queria ouvir. — E o que ele disse? Você quem ligou ou foi ele?

— Ele quem me ligou.

Sei que a Marga quer mais informação, mas espero que me pergunte.

— E aí? O que ele disse?

— Nesta última vez, por exemplo, me contou que sua mãe tinha morrido — Noto seu baque.

— Como assim a mãe do Jaume morreu? E por que ele contou para você, e não para mim, que éramos amigos?

— Bom, pois tão amigos não deviam ser. — A Marga fica em silêncio, noto-a insatisfeita com a resposta.

— Ele te liga sempre?

— Não, nunca nos falamos, mas me ligou há alguns meses porque vinham a Florença no feriadão da Puríssima e perguntava se eu não queria encontrar com ele.

— Então você o viu?

— Sim, claro. Veio com a família.

— Que família?

— A mulher e a filha.

— Como assim a mulher e a filha?

— Ele se casou. — A Marga arregala os olhos feito pratos. — A filha é da mulher, que é viúva. É a que alugou o apartamento para ele em Tortosa, lembra?

— Mas não era uma mulher mais velha?

— Chega uma idade em que todas nós temos a mesma cara, filha. — A Marga volta a fazer um longo silêncio. Quase posso ouvir como mastiga a informação e a engole. Que remédio. Coitadinha, andava atrás dele pela cidade feito uma mosca.

— Podia me passar o telefone dele?

— Não posso te dar o telefone dele.

— Por que não?

— Porque isso não se faz, não se dá o telefone de outra pessoa sem a autorização dela. Além do mais, você quer o telefone dele para quê?

— Para lhe dar os pêsames. E porque sou eu! A gente era amigo, mamãe, ele não vai ficar chateado se você der.

— Eu me encarrego de transmitir seus pêsames.

— Mamãaee! — A Marga faz a típica regressão adolescente de quando a sua mãe não deixa você fazer alguma coisa mesmo que você já tenha trinta e cinco anos. Viro a cabeça para a direita por um momento e recrimino sua queixa com um olhar que ela já sabe que significa "já chega, Marga", e a conversa termina.

Por um tempo, até que recomeça:

— Escuta, e como é a mulher? — Volta ao ataque.

— Não seja intrometida, Marga.

— Pô, tenho curiosidade, e me preocupo em saber como vai a vida dele.

— Não entendo por que tanto interesse pelo Jaume agora de repente. — Entendo, sim. Nós, as mães, sabemos tudo.

— Porque éramos amigos, ele foi embora da cidade e, tirando aquele dia do enterro da tia Mercedes, nunca mais soube dele.

— Amigos, amigos... Mas se você era uma criança!

— Gente jovem também tem amigo, sabia? — De repente sinto pena e cedo.

— Deve medir um e sessenta e cinco, cabelo loiro tingido, mais velha do que ele, mais da minha idade que da dele, discreta. Gostei dela, não falou quase nada.

— E ele? Como está? Que fez da vida?

— Terminou Matemática e trabalhava numa escola particular de aulas de reforço em Tortosa. Não se dedica mais ao ferro.

— Ah, que legal. Você achou que ele está bem? Está bonito? Não perguntou de mim?

— Por que tantas perguntas? — Ela está me deixando zonza. — Acho que sim, em algum momento falou e a Margarita, como está?

— E o que você disse?

— O que você queria que eu dissesse? Que se formou em Harvard? Disse a verdade, ué.

MARGA

Quando éramos pequenos, éramos poucos em Arnes e conhecíamos toda a juventude dos povoados ao redor. Assim que o sol saía, íamos tomar banho em alguma das piscinas naturais: o Toll de la Presó, o Toll Blau, o de Vidre, as Olles d'Horta, ou, já mais de excursão, no pesqueiro de Beseit, na fonte da Rabosa... Éramos quase selvagens. Banhávamo-nos no rio e zoávamos os frescos que só iam à prainha. Éramos crianças da montanha. Os meninos precisavam demonstrar virilidade. Se você ia ao rio precisava saltar, não podia ficar com mas garotas num canto e entrar só até a altura do joelho porque a água estava gelada, nada disso. Se você fosse menino, tinha que se jogar, tivesse você vinte, quinze ou dez anos, ou se não estava ferrado.

Um desses era o Jaume. Um dos ferrados, quero dizer. Eu passava casualmente algumas vezes por dia na frente da oficina dele; na verdade, usava-o para treinar, porque o que eu queria era aprender a conversar com os garotos maiores, e ele era o único disponível. Quando não estava ajudando seu pai com o ferro, estava ouvindo música, ordenando pastas, livros, alvarás ou tachas, parafusos e chaves de fenda, sempre do menor para o maior, ou fazendo outras coisas que jamais me ocorreriam fazer. Por exemplo, um dia, eu devia ter treze anos, passei por lá e ele estava cortando as unhas das mãos. Até aí, tudo bem.

— Oi, Jaume!

— Oi, Margarita, o que está fazendo? — Tirando meu pai, ele é o único que me chamava assim, pelo nome inteiro.

— Dando uma volta de bicicleta. E você?

— Cortando as unhas, como você pode ver. É preciso andar asseado.

— Quer saber? Para mim, cortar as unhas dos pés me dá aflição. Quando era pequena, minha mãe tinha que cortar as minhas enquanto eu estava dormindo. Que são essas caixinhas? — Havia cinco caixinhas de diferentes tamanhos, que iam progressivamente de minúscula a pequena.

— São para guardar as unhas. Ordenadas.

— Você guarda todas?

— Não, depois jogo fora. Só para colocá-las num lugar coerente até eu acabar.

— Sim, faz todo sentido.

— Sou esquisitinho, né?

— Eu acho você diferente. Isso é bom; os meninos são malvados, mas você não. — Naquela idade, os meninos eram o antônimo, o outro lado do muro. Eram ao mesmo tempo atração e ameaça. As garotas nunca sabiam se eles estavam dando em cima ou zombando da gente. Já o Jaume era todo bondade. Ele sorriu. — Bom, vou indo. Você vem hoje à noite na capelinha? — A capelinha era uma área plana, efetivamente junto a uma capelinha afastada da cidade, onde a juventude costumava se reunir à noite. O Jaume não costumava ir lá, devia se sentir mal, já era maiorzinho que os que iam e, aliás, nunca havia feito parte de nenhuma turminha a ponto de ir lá e não se sentir um estranho.

Se eu soubesse o que aconteceria naquela noite, não teria proposto. Havia na cidade três grupos nos dias de semana (nos fins de semana só ficávamos os menores de dezesseis, porque os outros iam às discotecas das cidades vizinhas ou a festas de rua): os jovens mais velhos, que iam dos quinze aos vinte e poucos (os de vinte e poucos que eram solteiros, se estavam namorando já não subiam à capelinha), os jovens mais novos e as crianças. Eu estava por um triz entre os jovens mais novos. As crianças não subiam lá, e os jovens mais novos subiam em função da benevolência dos seus irmãos mais velhos. Por sorte, a Remei era bastante complacente e sempre me levava para cima e para baixo. Bom, o fato é que os mais velhos estavam brincando de pera, uva ou maçã, e havia muita agitação porque se beijavam uns aos outros e assim se descobria quem estava a fim de quem, e era superexcitante. No ano seguinte eu já brincava, mas a Remei me avisou que só selinhos, nada de língua. Mas naquele ano ainda não, os do meu status e eu olhávamos aquilo entre *hihihis* e vergonhas. As meninas um pouco com cara de inveja, e os meninos com cara de nojo. Pensando agora, aquela rodinha era o Tinder da época, a forma como iam se formando os casaizinhos da região em idade de balada, uma espécie de vitrine onde por exclusão você ia se colocando à disposição daquela meia dúzia na sua faixa etária que ficava sem par.

Então chegou o Jaume com a motinho. Surpresa. Imediatamente repararam nele. Ao me ver, se aproximou. E aí, Margarita! Afinal eu vim. Que estão fazendo? Começou a ouvir-se um rumor, um rumor. De repente víamos como da roda que formavam se levanta uma garota e vem até nós. Era a Rebeca. Uma moça alguns anos mais velha que a Remei, com os cabelos curtos e uma faixa na cabeça estilo *rockabilly*, que esforçava para tirar partido de si e parecer mais bonita do que era. Eu certamente não achava. Sua mãe era solteira e não era da cidade (era de Valderrobres), mas fazia anos que as duas haviam vindo morar em Arnes. Foi direto no Jaume, lembro que no toca-fitas do carro de um dos rapazes mais velhos (o Surváivor, como o chamávamos, porque assim que tirou a carteira se esborrachou num eucalipto nos lados do Delta e quase bate as botas) tocava "More than a feeling", do Boston, se colocou na frente do Jaume, o agarrou pela nuca e lhe enfiou a língua quase até os dentes do siso. Então se ouviram aplausos, gritos, assovios, como se tivesse sido gol do Barça. Soltou-o depois de três ou quatro segundos intermináveis a um palmo e meio do meu atento e agora devastado olhar, que contrastava com o do Jaume, cujos olhos brilhavam e até a pele havia mudado de cor, agora mais luminoso, mais vermelho, mais vivo, alheio aos risos e zoeiras dos demais. Tive a impressão de que se elevava e começava a levitar, e isso o impedia de ver que a Rebeca acabava de ganhar cem pesetas por causa daquele beijo de língua.

O que aconteceu depois daquela noite de verão é lamentável. No dia seguinte, o Jaume se plantou com um ramo de flores silvestres debaixo da casa da Rebeca. Consta que uns minutos antes havia sido visto colhendo-as nos arredores. Numa cidade pequena, você não pode soltar um peido sem que Deus e o mundo fiquem sabendo, e por isso um bom grupo de jovens, mas também gente adulta e quatro velhinhos e a Tere, que era a minha melhor amiga e me contou tudo, chegaram a tempo para contemplar como a Rebeca lhe gritava que havia sido só uma aposta, tonto, que não gosto de você, como vou dizer?, que não somos namorados e nunca seremos. E nem pense em ficar me amolando, viu! Não vai me estragar o verão!

O Jaume entendeu, porque o Jaume de burro não tinha nada, mas nunca haviam beijado a sua boca, e o que aconteceu é que continuou apaixonado. Não lhe disse mais nada, mas a olhava como se fosse a personificação do amor. Isso durou o resto do verão, que eu saiba. E quando passava pela sua oficina já não o se alegrava de me ver, estava murcho, apagado. Um pouco como eu desde o dia em que presenciei um primeiro plano do seu falso beijo. Mas aquela tristeza tão evidente nem eu mesma era capaz de relacioná-la com nada, naquela época.

La mia malinconia è tutta colpa tua. Minha mãe aumenta o volume no refrão dessa canção que toca na rádio sintonizado no Cinquecento de segunda mão onde estamos e que, segundo o locutor, se chama "Fine dell'estate", de um grupo chamado Thegiornalisti. Acho que aumenta porque percebeu que eu estava absorta nos meus pensamentos, e ela também não devia ver com bons olhos a minha evasão. Tenho raiva de como minha mãe me trata. E mais raiva ainda por ela ter razão. Talvez seja eu quem provoque. Talvez os irmãos caçulas sejamos caçulas pela vida toda.

Ah, olha, lá está a Remei, esbelta, elegante, morta de frio.

REMEI

Gerard e eu estávamos na mesma classe quando éramos pequenos, e ele era o garoto perfeito. Todo mundo me dizia que eu tinha tido muita sorte. Porque o Gerard era inteligente, popular, impetuoso e carismático; seus pais, nascidos e criados na cidade, de boa família. Seu pai era construtor e ganhou muito dinheiro, um senhor desses que sempre andam impecáveis e mantém a mulher trabalhando para eles em tempo integral em troca de uma quantia semanal para ela administrar sozinha e assim achar que tem independência. "Ele me dá um dinheiro toda segunda e eu com isso faço a compra da casa e com o que sobra compro uns sapatos ou uma bolsa ou um vestido para mim, ou guardo, e assim tenho para os presentes de aniversário das crianças ou para sair de férias no verão com o homem." E dizia isso sem nenhuma vergonha nem senso de amor-próprio. Se bem que essa prática, em maior ou menor grau, era comum entre os casais de antigamente, em que ele trabalhava e ela era dona de casa. Minha mãe não vai muito com a cara dos meus sogros, embora minha mãe não costume ir com a cara de ninguém. Na minha casa, isso do dinheiro não acontecia, porque minha mãe ganhava bem mais que o meu pai, que vendia meia dúzia de hortaliças no mercado e a três quitandas da região. Agora, também é verdade que ele parecia mais feliz.

Começamos a sair juntos ainda jovenzinhos também, como a Marga e o Josep Maria; a diferença é que o Gerard não me deixou quando foi estudar fora, entre outras coisas porque fomos estudar juntos em Barcelona. A outra diferença em relação ao Josep Maria e à Marga é que nós, sim, estávamos apaixonados. Na verdade, para mim (bom, para todos) éramos o casal perfeito, a utopia impossível. Assim fomos durante muitos anos, ou isso me fizeram acreditar uns e outros, mas suponho que as utopias sejam isso mesmo: pensamentos mágicos. Fico me perguntando como teria sido a minha vida se o Gerard tivesse escolhido outra garota, ou se tivesse me deixado ao sair para estudar fora, se quisesse fazer outra faculdade.

Quis fazer tudo o que estava pautado, o que eu mesma me pautei de tanto ouvir que "a Remei vai longe", "a Remei é ótima", "pode entrar onde quiser", "continuará a saga dos médicos", "tem a baliza muito alta, mas vai superá-la", "não só é bonita como também muito inteligente", "que perfeitinha que te saiu essa menina, Amador" (e meu pai aqui sempre encolhia os ombros e dizia que o mérito é da mãe). Em todo caso, eu estudaria Medicina, nem pensei duas vezes, tiraria nota boa no exame de residência, boa não, uma das melhores, para poder escolher o que quisesse e onde quisesse, para poder ter li-ber-da-de, a liberdade que minha mãe não havia tido, pois sempre diz que ferrou tudo ao engravidar (de mim) e só poder escolher Tortosa. Mas nada mais distante. Quando o Gerard anunciou que ele também faria Medicina, devo reconhecer que fui a primeira a se surpreender, e, apesar de demonstrar alegria (assim poderemos estudar juntos, vamos compartilhar anotações, não precisaremos buscar gente para dividir apartamento e pouca coisa mais, na verdade), por dentro me senti um pouco ameaçada, como se aquilo agora precisasse se transformar numa competição e, além do mais, notei uma pequena morte dentro de mim, como se a minha perspectiva de liberdade e minha vontade de experimentar a cidade grande se esfumassem num fade. Às vezes tenho a sensação de que toda aquela estabilidade precoce marcou profundamente o caminho da minha vida.

Hoje fui passar a tarde em San Gimignano. Passeei pelos três quilômetros que separam a cidade da casa da minha mãe, com a promessa de que elas ficariam com o Teo e passariam para me buscar à noitinha. Em troca, assumi o compromisso de aproveitar o tempo sozinha e refletir sobre o que queria fazer com o panorama que me ocupa. Fazia muito, muito tempo que não tinha umas horas livres. Quero dizer: livres de família; não dá para se liberar de si mesma. Saí com o pretexto de que passar um tempo sozinha me ajudaria a clarear a mente, mas o fato é que adoro ficar só. Desde que o Teo nasceu me sinto... Como diria? Sufocada. Sobretudo no começo. Desde a própria gravidez. Para começar, o Gerard acabou a residência um ano antes que eu, que precisei interrompê-la no oitavo mês de gestação e só consegui retomá-la quando o bebê já tinha oito meses e o levei para a creche. A residência nós fazíamos no mesmo hospital. O Gerard não era tão bom aluno como eu, mas na verdade não precisávamos estar entre os vinte melhores para escolher psiquiatria (as mais procuradas sempre costumam ser dermatologia, cirurgia plástica e cardiologia). Isso eu já sabia, era mais um desafio pessoal, querer ser uma entre os vinte melhores. Tenho a impressão de que para ele tanto fazia a especialidade, acho que escolheu a mesma que eu por comodidade.

A partir do dia em que precisei sair de licença (e, portanto, não pude continuar a residência) por causa de um sangramento no oitavo mês, as nossas vidas, até então tão asquerosamente paralelas, começaram a se distanciar. Já estávamos casados, claro! Agora olho para trás e não sei por que precisamos correr tanto. Casamento, trabalho, casa, filho. Logo que o Teo nasceu, das mil e quinhentas coisas horríveis que me lembro do pós-parto, há uma que me asfixiava especialmente; falo da necessidade, da obrigação, de fazer tudo fora de casa juntos. Quer dizer: eu poderia ficar (aliás ficava) com o bebê em casa o dia todo enquanto ele trabalhava, e cuidava dele, o amamentava..., tudo isso; às vezes, saía para dar uma volta com o carrinho pelo bairro, mas no máximo ia comprar algumas coisas que eu pudesse carregar ou parava para tomar um café descafeinado. Mas se fosse preciso sair para fazer compras, ele ia sozinho, ou nós três; se fosse para sair da cidade por qualquer motivo, ele sozinho, ou os três. Um jantar: ele sozinho, ou os três. Um evento, um congresso, uma excursão, uma manifestação, o que fosse: ele sozinho, ou os três. Muitas vezes, por comodidade, ele sozinho. De todo o pós-parto, só me lembro de ter chorado uma tarde, quando fui consciente de que ia demorar muito até voltar a ir sozinha aonde fosse. Porque para movimentar toda a infraestrutura que um bebê implica e que acabe "estragando o nosso dia, melhor não ir, ou que eu vá sozinho". E de certa maneira era verdade, mas aqui os nossos caminhos continuaram trilhando direções diferentes. E suponho que seja assim, não com a chegada de um bebê, mas com a chegada da diferença, que as relações amorosas começam a se esgarçar. Enquanto éramos iguais, podíamos nos divertir mais ou menos, mas éramos amigos, dois seres no mesmo nível, ou isso achava eu na época. Quando tive o Teo, ele era o pai e eu era a mãe; e nunca mais fomos os mesmos.

Deve haver uma fórmula matemática que calcule isso; a distância emocional de um casal num momento determinado. Entrariam em jogo fatores como o número de filhos, o grau de escolaridade de ambos, o lugar onde moram, o status profissional. E desenharia funções mais ou menos separadas. Atualmente, a do Gerard e a minha, calculo que devam ter a forma da autoestrada AP-7 e do Eixo do Ebro: quero dizer que não se encontram. A tal ponto que fiquei grávida de outro e não sei como dizer isso a ele. Poderia dizer que foi um escorregão, um momento de luxúria, uma maluquice, mas não: foi muito mais profundo.

O João já acabou o estágio e voltou ao Brasil. Não acho que volte mais a Barcelona. Tem vinte e seis anos. Não sinto nada por ele, não é isso. É mais que o João me fez sentir coisas por mim, não sei como explicar. Se consigo abstrair a situação catastrófica que me ocupa atualmente, ainda me sufoco por uns instantes, milésimos de segundo. Até que volto a ter consciência de que estou grávida. Que já não queria mais filho nenhum. Que não é do meu marido. Que não é própria de mim essa atitude, essa fraqueza moral. Que o João tem cabelo afro, como exatamente ninguém em casa. Não é que eu esteja pensando em ter o bebê e não dizer a verdade. Não. Na verdade, sou tão covarde que não seria capaz. Teria de subir minha dose de sertralina a níveis estratosféricos para conseguir suportar. Só avaliei isso como possibilidade. E então descartei. Pronto. Mas não, se eu tivesse essa criança, o Gerard saberia perfeitamente que não é dele; entre outras coisas porque faz mais de três meses que não fazemos amor. Além do mais, isso mergulharia nossa relação ainda mais naquela repetição anódina de dias iguais. Bom, qual relação? Pois o Gerard e eu nos separaríamos, é claro, se eu lhe dissesse que estou grávida de um rapaz de vinte e seis anos. Mas é que eu estava tão entediada! Tão entediada, virgem santa! Se eu não tivesse tido esse rolo com o João, teria me matriculado em qualquer atividade ridícula para conhecer alguém. Quem fosse, o primeiro que fosse um pouco mais divertido, ou que me desse um pouco mais de atenção que o doutor Borrull, o grande psiquiatra que publica resultados de pesquisas enquanto eu crio o filho dele! O que concede entrevistas à custa do meu tempo!... Estou buscando motivos, desculpas para justificar o que fiz, eu sei. Pareço a minha mãe. Merda. Se eu só tivesse tido um rolo e pronto, realmente não teria nenhum remorso. Entra no curso natural de qualquer casamento duradouro, suponho, né? Já vi isso em várias séries sobre mulheres maduras, mas modernas. O escorregão está na gravidez, sem dúvida. Só que chega uma hora na vida de uma mulher em que ela se sente tão... não sei como dizer, impessoalizada? Tão por fora. Tão pouco mulher. Se você pariu e seus peitos e a papada caíram, e nunca mais terá a barriga lisa e não teve tempo nem ânimo de contratar um *personal trainer* para que, à base de suor, dores musculares e indignidade, volte a ter uma silhueta parecida com a de antes. Se isso aconteceu com você, enquanto o seu marido segue intacto, intacto não, melhor!, e na verdade, cada dia mais sexy por causa disso que acontece com os homens ao deixarem de ter um ar infantil para começar a ter um de pessoa adulta, sábia, experiente e poderosa, que tanto agrada às jovenzinhas, então é possível que você precise que um jovem imberbe, com todo o ímpeto dos vinte anos e um cabelo afro castanho que combina com os olhos amendoados, te olhe de alto a baixo e diga quero trepar com você e, já sei que não, mas você torna a existir de um jeito que havia deixado de existir. No meu caso, essa eu desejada praticamente não existiu ou, se preferir, deixou de existir aos dezoito anos, três depois de começar a sair com o Gerard, quando fomos morar juntos para estudar em Barcelona, momento em que calculo que tenha começado a me ver como sua senhora.

— Como foi, Remei? — me diz minha irmã assim que entro no carro. O Teo deve estar ficando grande, porque já não me abraça como antes quando passávamos umas horas sem nos vermos, que é o que aconteceu hoje. Quatro horas de liberdade. Começo a entender minha mãe e a sua decisão radical de vender a casa e vir morar aqui longe de tudo e de todos que conhecia. Vai ver que a Marga tem razão e eu sou cria da minha mãe e ela do meu pai e ela "ficou sozinha no mundo". Que exagerada. Tenho raiva quando ela se faz de vítima. Que tipo de malcriada começa duas faculdades e não termina nenhuma?

— *Mhg, mhg, mhg, mhg!* — Como ainda não respondi, a Marga canta o hino. Isso sempre me faz rir. Tinha vezes em que lhe metia a mão, mas devo reconhecer que ela é engraçada.

— Bem. Não me aconteceu nada de mau.

— E então, o que você decidiu? — diz a mãe, para quem dois mais dois são quatro aqui ou em qualquer galáxia.

— Não sei, mamãe. E mesmo que soubesse, não seria o momento de dar explicações. — Que ideia perguntar aqui, na frente do Teo.

— Aumenta o volume, eu gosto dessa música — diz a Marga. É "Shut Up and Sleep With Me", do Sin With Sebastian, devia fazer uns vinte anos que não a ouvia. Ela me lembra de quando íamos à capelinha e brincávamos de pera, uva ou maçã . E, tontos que éramos, o Gerard e eu nos sentávamos na roda mas, como já namorávamos, quando era a nossa vez sempre nos beijávamos entre nós, e nunca ninguém mais teve a audácia de tentar dar um beijo nele ou em mim. Pensando bem, que jeito de perder tempo eram aquelas rodas.

Quando chegamos, a Marga deixa que minha mãe e o Teo entrem em casa e me pergunta:

— Você sabia que a mãe do Jaume morreu? — Não sei a que vem esta pergunta agora.

— Sim. A mamãe me contou.

— Mas como que para mim ela não contou, se o Jaume era amigo meu e não seu.

— Bom, talvez porque sou a mais velha.

— Mas eu tenho trinta e cinco anos.

— Você sabe como é a mamãe.

— Tem algum jeito de entrar em contato com ele? Ninguém da nossa família foi ao enterro? — Olho para ela e, com a língua do silêncio, pergunto que papo é esse.

— A mamãe não quis me dar o telefone. E ele foi no enterro da tia Mercedes... Acho chato não ter ido no da mãe dele.

— A gente se divertiu à beça no da tia Mercedes! Lembra?

— Putz, sim, que sacana! Ela nos ferrou com o troço do clero!

— A desgraça do clero! Olha, nem me fale. — Então rimos. Talvez eu estivesse mesmo com um pouco de saudade da Marga.

MARGA

Não sei como cheguei até aqui. Tenho trinta e cinco anos e não tenho estudos superiores (sei lá, achava que a juventude durava duas décadas, e na verdade só durava oito anos). É como se, em algum momento do passado, aquela Marga pós-adolescente tivesse decidido ser pobre e ignorante por mim. Não tenho muitos amigos em Barcelona; aliás, amigo mesmo, nenhum. Quando muito conhecidos (a linha entre amigos e conhecidos é bastante difusa). Tive grupinhos efêmeros que desapareceram quando deixaram de dividir apartamento comigo. Não sei... Também não é que na minha cidade eu tenha muitos, a única amiga de infância com a qual mantenho contato, a Tere, se casou, teve um filho e mora em Cambrils. Ganho justo para pagar o aluguel de um quarto mais despesas em Barcelona e poder me permitir sair para tomar uma cerveja nos finais de semana, ou então para jantar fora uma vez por mês, embora esse dilema eu tenha poucas vezes, porque quase nunca tenho alguém com quem sair. As pessoas levam a sua vida, é normal. Os da minha idade estão casados e com filhos, ou moram juntos, ou tem a sua turma de amigos da vida toda, e eu ainda não entendo como foi que me dei tão mal, se a antissocial era a minha irmã, e a amorosa era eu.

Atualmente moro praticamente sozinha porque um dos meus colegas de apartamento está fazendo estágio fora e a outra nunca aparece, pois sempre está na casa do namorado. Sou eu quem administra o apartamento porque, nem preciso dizer, sou a mais veterana. É um quinto andar sem elevador nem calefação nem ar-condicionado, e tem uns azulejos horrorosos. Dividindo com outros dois, me custa quatrocentos e trinta euros por mês, quase a metade do meu salário na floricultura, e já assumi que não pouparei nem um centavo nesta merda de vida. Quando decidi vir morar em Barcelona, cansada de que Tarragona começasse a me lembrar minha cidade, precisei pedir dinheiro à Remei para poder pagar o primeiro aluguel, a comissão do corretor e a fiança, o que fui devolvendo em parcelas de quarenta euros. Que lamentável.

Sou florista. Quem me dera, na verdade nem isso: Trabalho numa floricultura. Não exagero se digo que não tenho uma bosta de uma estabilidade econômica, sentimental e possivelmente nem mesmo mental. Em algum momento desde que minha irmã anunciou que viríamos à casa da minha mãe em San Gimigniano, juro que achei que seria muito bom para nós. Fiquei animada, embora não tenha expressado isso em nenhum momento, porque elas são pouco dadas a demonstrar sentimentos. Meu pai não era como elas. Quando eu chegava em casa chorando e com os joelhos ralados, era meu pai que me dizia vem aqui e me abraçava e me consolava; minha mãe só me olhava querendo dizer não seja tão tonta. E eu sou como ele era. Se bem que agora não posso me comparar com ninguém. E se alguma vez recorro a elas desconsolada, me olham como uma extraterrestre, como se não falassem o meu idioma. É como se os da minha espécie tivessem desaparecido. O fato é que a aventura italiana não está saindo como eu esperava, não me sinto melhor do que nos dias de folga em

Barcelona, que, aliás, são o que há de mais deprimente; são como morrer um pouco. Um monte de horas sozinha que não chegam a ser horas aproveitadas e que nunca voltarão. Como uma torneira de tempo aberta, de tempo de estar viva. Comparando com a história da humanidade, o tempo da própria existência é uma coisa insignificante, ridícula, curtíssima e, portanto, imensamente valiosa.

Às vezes, em Barcelona, cansada de não ter uma vida muito emocionante, vou sozinha a um bar. Tenho a ilusão mágica de que, estando ali sentada numa banqueta com os olhos e os lábios maquiados e um rabo-de-cavalo alto que fiz mal e porcamente com muita precisão, alguém se aproximará e me dirá: quer participar do meu círculo social? Sei lá..., não sou atrativa e já não tenho mais aquela leveza dos vinte e cinco anos, suponho. Passo despercebida ou, no pior dos casos, dou pena ou medo se tomo duas cervejas a mais e decido me mostrar mais atirada. Já detectei isso. A bunda me sobra pelos dois lados da banqueta, as coxas se esfregam uma na outra quando ando (no verão fico assada), e diria que não cumpro nenhum dos cânones estereotipados de beleza da época que me coube viver. E estou acostumada, a esta altura já superei muita coisa; nunca fui bonita de verdade, mas talvez, se tivesse ficado na minha cidade, teria chegado à nota de corte (isso da nota de corte parte da teoria da boniteza que me ocorreu num dia lúcido e segundo a qual ser de uma cidade pequena te dá uma vantagem para quem é pouco agraciado. Digamos que funcionaria como a nota de corte do vestibular, e essa nota de corte seria definida pelo mais bonito e pela mais bonita da cidade. Assim, suponha que quatro meninas bonitas da cidade grande, em plena adolescência, vêm passar férias onde você mora; por eliminação, vão querer ficar com o mais bonito do lugar — porque isso é o que você vai fazer nas cidadezinhas quando vai passar férias e tem quinze anos, ter um amor de verão, cândido e inocente como os de *Verano Azul* ou *Dawson's Creek*, né? —, embora o mais bonito do lugar, se tivesse nascido na cidade grande, passaria totalmente despercebido, ou o insultariam por ser mal-ajambrado) e agora teria uma vida mais acolhedora.

Mas eu não, eu pensava que iria para Londres e conheceria alguém muito legal e o levaria à minha cidade e todo mundo diria: está vendo, este sim tem a ver com a Marga, moderna do jeito que ela sempre foi. Como se a minha alma gêmea precisasse estar pintando mandalas numa banquinha xexelenta no mercado de Camden, ou chapado feito um gambá e tocando banjo em Christiania. Sei lá..., no meu imaginário tudo se encaixava antes de começar a vida adulta, mas depois você percebe que esses aí são um bando de noias sem ofício nem benefício e que não são muito chegados num chuveiro. Não que nesse tempo todo eu tenha aprendido alguma coisa que me servisse para viver melhor. E já nem quero mais ser atraente, o que quero é ser feliz, ou pelo menos ver um sentido nisso tudo.

Ainda bem que a Maribel, minha chefe e dona da floricultura, se aposentou e transferiu o negócio para uma filha (uma filha que não vejo nunca, porque parece que é economista, trabalha para um laboratório farmacêutico e aceitou levar o negócio como quem começa um hobby e só lhe interessam os números finais). Agora trabalho de segunda a sábado em tempo integral, com alguma manhã ou tarde livre no meio da semana, e tem um rapazinho trabalhando de aprendiz que vai aos sábados e nas tardes de sexta, e lhe ensino tudo o que posso, mas sem exagerar, para que não me tome a vaga ganhando menos. Se chama Jose, fala castelhano, é de Sant Boi e está cursando uma formação em jardinagem.

No meu bairro tem um monte de floriculturas moderninhas, lugares que à primeira vista você não saber dizer se vendem flores, servem aperitivos ou são um *coworking*. Mas a floricultura onde eu trabalho não é assim. É uma dessas tradicionais. Flores Maribel, se chama. Tem as paredes pintadas de verde-maçã, combinando com as folhas, como dizia a Maribel. Se fosse uma floricultura como as outras, talvez eu pudesse flertar com alguém, mas os clientes da Flores Maribel são também clientes tradicionais. Gente clássica (aposentada). Vêm buscar ramalhetes de flores, hortênsias, orquídeas e lírios. Às vezes uma planta. Fui contratada lá porque era especialista em floricultura funerária e de cemitério. Se tiver vontade, mais adiante explicarei.

Em algum momento do estúpido trajeto que iniciei diretamente em direção a lugar nenhum em particular ou a qualquer sucesso concreto, passou pela minha cabeça retomar alguma das duas faculdades que larguei pela metade. Acho que afinal optei pela comodidade imediata: sei lá, acho que sou assim, como diz a minha mãe, meio lerda. Só que não é a mesma coisa estudar quando pagam para você e estudar enquanto você precisa trabalhar para pagar a faculdade. E lá em casa, quando meu pai morreu, ainda faltavam alguns anos para que eu começasse a pensar na minha nova vocação de jornalista, mas quando fui reprovada em quatro disciplinas minha mãe considerou que não havia mais margem de erro e que agora a mensalidade quem pagaria seria eu. Não é que ela não pudesse pagar (aliás, vendeu a casa de Arnes a um ótimo preço, e a casa da Toscana, como estava meio em ruínas, lhe saiu muito barata, ou assim nos disse). É que minha mãe, em questões de valores, é rigorosa. Sei lá, para ela tem uma coisa que está acima da moral, e essa coisa é o mérito. Quer dizer, há uma linha que ela não ultrapassa em nenhuma hipótese. São as normas; é estrita, exata, minuciosa, inamovível. Esquisita. Suponho que essa educação funcione em outras famílias, ou com a minha irmã. No meu caso, não funcionou, porque, no lugar de me botar pilha, que entendo que era o objetivo que ela perseguia, eu desisti, não logo de primeira, mas de segunda sim.

E graças a isso fui trabalhar um verão num *garden center* em Tarragona. Chamava-se Floricultura Flores. Tipo Bar Bebidas, ou Escola Educação. Achei muito engraçado. Tinha parado para ler um cartaz que dizia "Precisa-se de pessoal para trabalhar em estufa. Não é necessária experiência" justo quando na frente passava na rua um senhor idoso que dizia a um senhor não tão idoso que usava avental e estava encostado no tabique da porta da floricultura: "Como vai, Flores? E os seus pais, como vão?". Achei isso ainda mais engraçado. Tão engraçado que depois de pensar por uns trinta segundos entrei e pedi o trabalho. Floricultura Flores. Que burra. Agora que penso, retrospectivamente, me parece sumamente imbecil que o rumo da minha vida estivesse regido por um absurdo tão grande como escolher o local onde você quer trabalhar pelo nome, que acha engraçado. Aquele pensamento baseado no humor absurdo acabou se tornando a minha profissão. Acho que não deixa de ser o paradigma da minha vida.

Eles tinham uma estufa em Gaià e uma floricultura no centro de Tarragona. Fui escolhida para a estufa, evidentemente. No primeiro dia, já me arrependi. Nunca havia trabalhado. Nem em um bar, nem em uma loja nem em lugar nenhum. Achei que não suportaria ficar de pé e agachada o dia todo com aquele calor. Era como se tivesse mudado de planeta; ou diretamente de dimensão. E tudo muito pouco divertido. Tentava me motivar pensando no meu pai, que se ele pôde trabalhar no campo a vida toda eu poderia aguentar julho e agosto. E aguentei. Mas quando no primeiro quadrimestre continuei sendo reprovada, minha mãe considerou que a vaga na república também era justo que eu pagasse. "Se você é tão boa para se reprovada, também vai ser para pagar." Então perguntei (perguntar não ofende) no *garden center* se não me queriam também o ano todo. E não, mas quando já estava indo embora alguém gritou:

— Você não era a que estudava jornalismo? — Nota-se que de fato haviam lido meu currículo. Fiz que sim com a cabeça. — A partir de março abriremos uma seção funerária na floricultura. — Tentei fazer cara de entusiasmo quando disseram "seção", que foi ligeiramente truncado ao chegar a "funerária". — Precisaremos de alguém para redigir anúncios fúnebres e dedicatórias nas coroas funerárias.

— Perfeito! Fantástico! Vou adorar! — Entusiasmo demais, agora, para compensar a careta de antes.

Enfim, primeiro foi um contrato de estagiária, porque ainda estava na faculdade e podia sair muito mais barata para eles, o que eu alternava com uma ou duas matérias, as que podia pagar, mas depois parece que a seção funerária ia de vento em popa. Queria achar que era graças à minha criatividade na hora de redigir: "Deixounos um homem bom, de um metro e oitenta e setenta e cinco quilos, antigos cabelos loiros e cacheados, esperto e agradável, com a dentição muito bem cuidada. Os seus filhos, esposa, irmãos, amigos, vizinhos de porta e o seu cachorro Floqui sentirão muito a sua falta". Acontece que ninguém me supervisionava. E eu na época só pensava em fumar baseados e tomar cerveja com meus colegas de apartamento. O fato é que eu olhava o mundo a partir dessa posição: meu pai morto, minha mãe na Itália indefinidamente, e minha irmã mais velha casada e triunfando por Barcelona. (Restava-me uma tia-avó em Arnes, que me dava tanta atenção quanto eu a ela, ou seja, nenhuma. Víamo-nos de enterro em enterro. Não tinha filhos e nunca chegamos a estabelecer um vínculo forte, era muito de ir à missa, e minha mãe e ela e as irmãs dela, incluindo minha avó, não batiam; desde que meu pai faltou, o contato se perdeu por completo. Ainda assim, minha irmã e eu esperávamos que a herança dela ficasse para nós, já que éramos os únicos familiares que lhe restavam.)

Em todo caso, correu a notícia de que as notas de despedida da Floricultura Flores "arrancavam um sorriso dos familiares do defunto", mas também haviam recebido queixas de que eram "frívolas" ou "de mau gosto". Portanto, o senhor Flores (penso agora) incompreensivelmente não me mandou embora, optando em vez disso em pedir aos clientes que marcassem com um xis que tipo de anúncio fúnebre queriam, se o "tradicional" ou o "simpático". E eu deveria me adaptar. Foi um sucesso, e cheguei mesmo a crer que eu tinha uma espécie de dom, um talento que não podia desperdiçar para redigir anúncios fúnebres e dedicatórias nas coroas. Foram meses esplêndidos. Eu me achava a Amy Winehouse dos anúncios fúnebres. Quanto mais mal-ajambrada, ressacada e chapada eu chegasse no escritório, mais lendária eu me tornava. Fiquei me achando. Para escrever quatro linhas de merda, entrevistava antes a família ou os amigos que a encomendavam e fazia anotações para criar a dedicatória perfeita. Voltava para casa com ares de estrela do rock. Foi uma boa época, sem dúvida. Comprei um Ray-Ban e o usava inclusive no inverno, meio que para ter um selo pessoal e misterioso. E *indie*, que era o que se usava na época. Passava na mercearia embaixo de casa, comprava duas brejas e enrolávamos quatro baseados "para dar larica" até a hora do jantar, enquanto contava aos colegas de apartamento quais anúncios havia escrito naquele dia, e me tratavam de torná-los mais ridículos ainda e rachávamos o bico. Eu me comportava como um deles. Acho que nunca notaram que eu não era um rapaz. Eu me sentia cômoda e segura naquela posição. Comportando-me como um garoto não podiam me fazer mal. Se eles não limpavam nada, eu menos ainda. Se eles peidavam durante o jantar, eu peidava também. Se falavam explicitamente de comer fulana ou comer beltrana, eu ainda mais (embora naquele apartamento quase nunca nenhum de nós ia para o rala-e-rola com ninguém). Eu os imitava em praticamente tudo, só faltava mijar de pé.

Lá no Flores logo me disseram que queriam ampliar meu horário para jornada integral, e que por isso já não podiam me fazer um contrato de estagiária. Então, agora que já não precisava da desculpa de estar matriculada para ter esse contrato, deixei de me matricular, pensando que era preciso aproveitar as oportunidades, em outro momento retomaria, quando a vida me levasse, tudo acontece por algum motivo, *let it flow, be water,* que imbecil que eu fui. Não que eu tivesse por perto alguém mais sensato para me dizer que talvez eu estivesse errada. Mas acho que chega uma idade em que esse alguém precisa ser você, e se além disso você tiver mais alguém é porque teve sorte.

Enfim, que fiquei quatro anos na Floricultura Flores, onde em seguida me colocaram para montar coroas e ramalhetes e para vender na loja, eu que não fosse pensando que passaria oito horas por dia escrevendo anúncios fúnebres. Devo dizer que aquilo me fez colocar um pouco os pés no chão. Quando meus colega de apartamento, diferentemente de mim e apesar de tudo, acabaram a faculdade e foram embora da cidade, decidir ir embora também, para Barcelona, achando que nunca se sabe o que eu encontraria por lá. Um mundo de oportunidades e uma irmã. Na minha cabeça, parecia excelente.

A verdade é que a Remei me ajudou a encontrar um quarto com gente ajuizada, doutorandos ou alunos de residência. Faça o favor de se comportar, ameaçou-me. E foi assim que vi vidas alheias passarem pelo meu apartamento. Pessoas sérias, que acabavam o que tinham vindo fazer naquele quarto: uma tese, uma prova, um estágio, um projeto, e seguiam a sua vida, deixando a minha para trás, sempre suspensa num eterno provisório. E dessa maneira fui me tornando a ama e senhora deste apartamento no Poble-Sec com uma rotação bastante ativa de habitantes e eventuais companheiros de balada, segundo a personalidade, até hoje em dia.

A Floricultura Flores me fez uma carta de recomendação, daquelas que se faziam antigamente, que devo dizer que me serviu para encontrar emprego rapidamente (numa outra floricultura do Eixample, de onde fui demitida ao final de dois meses para poderem contratar um familiar, que por sua vez havia sido mandado embora do trabalho, porque era arquiteto e estávamos em 2010). Finalmente, após cambalear como garçonete em um bar, ser reprovada num concurso para trabalhar nos Correios, ser caixa de supermercado, vendedora de lojinha de chinês e florista em várias floriculturas, fui aceita há quase quatro anos na Flores Maribel. Acho que conservo o trabalho porque acabei aceitando que este é o meu ofício. Eu me chamo Marga, meço um e sessenta e dois e sou florista.

ERNE

No almoço, comemos alface que comprei na semana passada na praça da cidade, vagem fervida e grão-de-bico com azeite e sal. De sobremesa, umas peras. Ultimamente, aderi à alimentação não processada, que é uma nova tendência nutricional; li isso no Instagram, onde fiz uma conta para divulgar minhas conferências. Elas não sabem.

Conversamos com toda a atenção centrada no Teo, e o que faz na escola e quem são seus amigos e o que quer ser quando crescer, e também lhe pergunto onde gostaria de morar e com quem. Acho importante. Depois fazemos um bolo de cenoura, receita da minha vizinha Roberta, e enquanto zanzamos as três pela cozinha, a Marga, como quem não quer nada, volta à carga com o assunto Jaume.

— Poxa vida, nem para me contarem que a mãe do Jaume tinha morrido!

A Marga passou a infância toda correndo atrás dele! Jaume, da família do ferreiro... Não era como os outros. Era sensível. Mas não estou dizendo que fosse homossexual, hein! Só que não era como os outros. Tinha um mundo interior. Era um garoto de cabelos escuros e crespos, com cachos pequenos e grossos. Quero dizer que o cabelo dele crescia reto para cima, e, se mexesse a cabeça de um lado para o outro, não ficava exatamente com a cabeleira ao vento. Tinha os olhos um pouco caídos na parte de fora. Já maiorzinho, devia ter um metro e oitenta; era magro, tinha pelo no peito desde muito jovem, talvez aos dezoito já o tivesse. Olhava as coisas como se a qualquer momento fossem começar a se mexer sozinhas. Com expectativa, quero dizer.

O que você está fazendo, Jaume? Contando os figos da figueira. E os contava realmente. Podia ficar calado uma hora e meia debaixo da figueira, e de repente soltava "cento e cinquenta e três!". Então batiam nele, coitadinho, ou alguns garotos juntos puxavam as calças dele e a atiravam no rio. De fato, sempre o encontrávamos caminhando com a bunda de fora e as mãos tapando as partes da frente na estradinha que levava à cidade. Então eu parava o carro e o mandava subir, meu filho, para que ninguém o visse. A Marga ia sentada atrás porque era muito pequena, e ele subia na frente, de copiloto. Como eu naquela época não falava, ele e eu nos entendíamos à perfeição. O Jaume é a única pessoa que conheci que parecia não se incomodar em absoluto com o fato de eu não falar. Não lhe importava. Eu ficava muito grata. Tínhamos conversas unidirecionais e imperativas onde só ele falava: olha como o sol entra por cima do túnel. Olha que árvore mais antiga. Cuidado para não atropelar o coelhinho. Depois, quando voltei a falar, continuava gostando dele basicamente porque não me fazia perguntas.

Eu o conheço desde bem jovenzinho porque lhe dei aulas particulares de matemática quando fazia residência, recém-chegada de volta a Arnes; depois foi ele quem deu aula particular para a Remei. Durante um tempo, o Amador e eu fantasiamos de juntá-los, a Remei e o Jaume, mas minha filha não queria saber dele nem pintado. "Que é isso! É o mais tonto da cidade, por favor!", dizia.

O fato é que a Marga o conheceu desde que nasceu, digamos assim. A diferença entre eles é de quinze anos, a mesma que entre o Jaume e eu. E a minha teoria é que a culpa da Marga ter se apaixonado por ele quando criança é minha. Lá do banco de trás e desde que tem lembrança, viu tantas vezes a bunda dele que devia sentir que era sua. Uma bunda rija que ela viu virar adulta, definida, musculosa, sem pelos, até que um dia foi embora da cidade, cansada de ser martirizada.

A verdade é que nunca entendi por que infernizavam a vida do pobre Jaume. Era de uma família honrada como qualquer outra, a do ferreiro Abelardo. Moravam na rua San Joan e tinham uma oficininha com paredes de pedra onde trabalhavam com ferro, na esquina da rua Gaudí. Não tinha irmãos, o que era algo estranho, isso sim; era o único filho único da cidade. Não me preocupava que a Marga passasse por lá para vê-lo. O Jaume não tinha maldade.

Seguramente fiz muita coisa errada na vida. Acontece que voltaria a fazê-las. Todas não! Casar-me com o Amador eu não voltaria a casar, e do jeito que foram as coisas, hoje em dia o mais sensato teria sido abortar quando engravidei da Remei. Mas quero dizer que, se olho para trás, não me vejo capaz de ter feito nada de maneira diferente de como eu fiz, levando-se em conta minha personalidade, o meu entorno e a minha bagagem da época. Mas, apesar de entender que as minhas decisões fizeram mal às minhas filhas, continuo considerando-as coerentes; não sei vê-las de outro modo. Até isso de esconder-lhes parte da história familiar eu voltaria a fazer. Para que ficar sabendo? Em que isso melhoraria a vida delas? Em nada! Eu só tentei protegê-las, mas, caramba, parecem decididas a ficar uns dias por aqui, então temo bastante que acabarão sabendo a verdade. Claro que já tentei mudar o dia da palestra, mas não deu. E também não quero forçar a situação, já são grandes, e estão avisadas de que não vão gostar. Se depois não gostarem, a responsabilidade não será minha. Os filhos nem notam, mas exigem da gente mais do que humanamente se lhes pode dar. Mesmo já adultos, esperam que você responda por eles. Não veem onde eles terminam e começa você, e acham que tudo que é seu é deles também. Que a sua vida lhes pertence. Que as mães não têm vida privada. Se você decide por elas, está errado. Se não decide por elas, errado também. Você vai ver como elas vão me recriminar, haja o que houver.

MARGA

Então na semana passada morreu a mãe do Jaume. Puta que pariu! Fazia anos, e não é modo de dizer, que eu esperava uma desculpa para voltar à minha cidade e ver o Jaume outra vez. Sinto que perdi o último trem. Chega um ponto da vida em que você só encontra as pessoas da sua infância nos velórios.

Lembro que o Jaume caminhava saltitando sincopadamente pela cidade, tomando cuidando para não pisar nas linhas da calçada ou seguindo linhas retas invisíveis que saíam no final de cada esquina. Fazer isso quando criança tudo bem, mas começou a ficar esquisito depois dos vinte anos. No verão seguinte à história do beijo com a Rebeca, teve um dia em que nos encontramos na estrada que leva ao Toll de la Presó. A Tere e eu estávamos de bicicleta, e ele freou ao nosso lado com a motinha.

— Vão para o Toll?

— Oi, Jaume! Sim!

— Então nos vemos lá, não se cansem!

Quando arrancou, a Tere me disse:

— Cara, por que você fala com esse esquisito?

— Não é tão esquisito, eu acho ele legal.

— Como assim não é tão esquisito? Sempre anda sozinho, diz coisas esquisitas, faz coisas esquisitas... Que mais ele precisa ter para ser esquisito? Ele anda evitando linhas imaginárias! Além do mais, com certeza ainda é virgem, com a idade que tem! — Naquela época, falávamos muito sobre quem já devia ter transado ou não. Perder a virgindade era uma espécie de ritual de passagem para a juventude oficial. De repente você é grande, adulto. Se já tinha transado podia fumar, andar com total segurança por aí, discutir as coisas a partir da experiência de uma pessoa mais velha. Isso se você fosse menino, claro. Se fosse menina, precisava adotar essa atitude com discrição, a menos que já estivesse namorando por dois anos.

— Isso é porque ele tem uma patologia, leve, no caso dele, que se chama transtorno obsessivo compulsivo. — Eu gostava de bancar a sabichona copiando frases médicas que ouvia minha mãe dizer. — E quer que ele ande com quem, se ninguém fica amigo dele?

— Cara, você não está a fim dele, né? Eca! Por que você defende ele?

— Cara, que é isso! — Aquelas palavras me deixaram atordoada e envergonhada, porque não havia cogitado essa possibilidade até ouvi-la em voz alta. E por isso continuei falando com a raiva necessária para dissimular a vergonha e não despertar suspeitas. — Velho desse jeito?! Faça-me o favor! Você sabe que sou a fim do Josep Maria! É que fico com pena dele, coitado. Ele dá pena. — Imediatamente depois de dizer isso senti cheiro de podre. Era eu com nojo de mim mesma.

Todo mundo na cidade sabia quem era a fim de quem. E você não podia não ser a fim de ninguém. Ou seja, precisava dizer um nome quando insistiam, e você, é a fim de quem, menina, de quem você gosta. No final, cansada de esquivar a pergunta, quando naquele verão me sentei pela primeira vez no meio da roda da pera, uva ou maçã, decidi que o menos pior dos que estavam ali sentados para receber um selinho era o Josep Maria. Eu funcionava assim: não podia ficar a fim do bonitão, tinha que ficar a fim do factível. Ele usava óculos redondos que lhe faziam parecer boa pessoa, tinha o cabelo muito fino, estava um pouco gordinho e era bonzinho, sobretudo bonzinho no sentido de pouco esperto, pouco capaz de humilhar alguém. Pensei que, na pior das hipóteses, não me humilharia. Assim que, naquele começo de tarde, quando chegamos ao Toll de la Presó, o Josep Maria estava lá também.

A Tere era a mais bonita de nós duas. Bom, e da cidade. A que estabeleceu a nota de corte do seu ano, para que vocês possam entender. Todo mundo andava atrás da Tere. Eu, ao contrário, me achava feia; normal. No outro lado da piscina natural estava o Jaume, sozinho, comendo um sanduíche com as duas mãos e com um livro aberto ao seu lado. Era fofo que comesse o sanduíche com as duas mãos. Eu gostaria de ter ido me sentar ao lado dele e que eu o segurasse com as duas mãos para ele comer. Ele, além de ajudar o pai na oficina, fazia alguns anos que tinha começado a estudar matemática à distância, porque não queria continuar sendo ferreiro na nossa cidade. Bom, basicamente não queria continuar na nossa cidade, segundo me disse.

Voltando à piscina natural: o Josep Maria, tomado pela euforia (não sei se devo dizer pressão) testosterônica adolescente dos seus amigos reunidos, aproximou-se de onde estávamos e se sentou ao nosso lado.

— Marga, quer ir dar uma voltinha comigo hoje à noite? — Fiquei muitíssimo espantada, porque aquilo queria dizer: quer ficar comigo hoje à noite? Mas estava claro que eu havia tomado a iniciativa na roda da pera, uva, e agora precisava assumir as consequências.

— Tudo bem — eu disse, sem levantar os olhos do chão.

— A gente se encontra às dez no mirante?

— Tudo bem. — Então se levantou e voltou à sua rodinha de amigos. Antes, porém, me deu um beijo na bochecha. Imediatamente olhei para ver se o Jaume estava olhando, e sim. Os outros aplaudiram. A Tere, com a confiança própria de quem é bonita, fez um gesto para eles, como que para tornar tudo mais evidente ainda.

Saí para o mirante pontualmente às dez da noite. Estava nervosa. Perguntei à Tere o que deveria fazer, ela que já tinha experiência com encontros e garotos. Ela me disse:

— Com certeza vocês vão ficar. Deixa ele te conduzir, menina! E vê se troca de roupa, minha filha.

Perguntei à Remei se podia me emprestar uma camiseta mais arrumadinha. Excepcionalmente, ela me emprestou aquilo que nos anos noventa chamávamos de top, "mas não deixa tocarem nos teus peitos, hein!".

A caminho do mirante, tinha a sensação de ter virado dançarina de boate, vestida daquele jeito. Os dois garotinhos que encontrei pela rua trocaram cotoveladinhas, como quem diz, olha essa aí, hoje ela está a fim. Cheguei ao mesmo tempo que o Josep Maria.

Depois de mais de meia hora para cima e para baixo mantendo conversas apressadas (o que você gosta de fazer?; não sei, o típico, e você? eu também), disse que estava cansada e ele imediatamente disse eu também, vamos nos sentar ali. Enfim, se atracou comigo de uma maneira que eu senti que estava sendo atropelada por um caminhão. De repente não sabia o que estava acontecendo, mas tinha uma língua enfiada dentro da minha boca que se movia muito rápido e ocupava muito espaço, como que me afogando, e algumas mãos que não podiam ser mais do que duas mas me pareciam quatro ou cinco tocando-me de alto a baixo sem nenhuma delicadeza. Fiquei rija feito um espantalho. Passamos algum tempo assim, que podem ter sido dois minutos, ou meia hora, não sei dizer. Tempo demais, em todo caso. Passou uma senhora que resmungou "essa juventuuuuude", como que incomodada. Também passaram o Joan Marc e o Ramon, que claramente tinham ido espionar e, uma vez lá, torcer como se aquilo fosse um jogo da terceira divisão regional. Manda brasa, Josep Maria! Nem você está acreditando, cara! Mete a mão em tudo, hein! Na cidade não havia segredos. Todo mundo saberia, para sempre, que o primeiro garoto que tocou meus peitos foi o Josep Maria da família Manso.

De repente me afastei e disse:

— Preciso ir.

— Tudo bem. Você gostou?

— Sim — respondi, meio sorrindo, enquanto pensava que não, nunca tinha tido tanto nojo na minha vida.

Voltei para casa com vontade de vomitar e enxugando as babas. Quando cheguei, meus pais já sabiam que eu havia sido bolinada. Senti que tinha a palavra desonra escrita no top da minha irmã. Imagino que ele foi recebido em casa com aplausos, champanhe e biscoitinhos. Minha mãe se limitou a me olhar fazendo que não com a cabeça. Meu pai disparou:

— Então é melhor vocês namorarem. — E pronto. Voltou a fixar o olhar na televisão com toda a decepção estampada na cara.

De modo que, no dia seguinte, quando o Josep Maria passou para me buscar, eu saí, e quando ele quis pegar na minha mão eu não neguei, e sempre que queria beijar a minha boca eu não me afastava, e acho que dessa maneira, por absoluto descontrole e por vergonha, foi como viramos oficialmente um casalzinho.

— Estão dizendo que você tem namorado agora — me disse o Jaume, pouco depois, numa tarde em que parei na frente da oficina dele.

— Bom, nada sério.

— Aqui na cidade as coisas são sempre a sério. — Isso eu não tinha como contestar.

— O que está fazendo? — Tentei mudar de assunto.

— Ia assistir um videoclipe que eu quero aprender de cor. — O Jaume tinha vinte e nove anos, mas às vezes me dava a impressão de que era um menino. — Quer assistir? Fiz que sim com a cabeça, com urgência. Fomos a um quartinho que ficava mais no fundo e ele introduziu uma fita VHS no aparelho.

— Isto aqui é ouro, Margarita! Você não sabe, mas este vídeo é impossível de achar neste país. — Quando ia começar a tocá-lo, parou um segundo e, olhando para mim, me disse: — Margarita, você tem pinturas dessas para o rosto? As de menina, sabe.

— A verdade é que ainda outro dia peguei um lápis de olhos da minha irmã, mas ainda não usei. — Tirei da pochete dois dedos de lápis preto, que não podiam mais ser apontados.

— Você me pintaria?

— Os olhos?

— Sim, pinta os meus olhos. — Então sentou-se numa cadeira de vime desgastada e eu fiquei de pé na frente dele, me abaixei um pouco na direção dele e pela primeira vez segurei seu rosto com as duas mãos, com a esquerda fiz um pouco de pressão na bochecha em direção ao chão para fazê-lo abaixar a pálpebra, e com a direita fiz um traço exatamente na linha que acompanhava os cílios inferiores. Achei que ele ficou lindíssimo. E então, como eu tinha gostado daquela proximidade, lhe pedi que me pintasse. Mas ele me disse pinte-se você mesma que vai ficar melhor. Aí percebi que o Jaume era um menino mais inocente do que eu. Pintei meus olhos e desde então decidi que os pintaria sempre, como uma marca de identidade, o que ainda faço.

O vídeo era um show do Joy Division gravado do *Top of the Pops*, que o caixeiro-viajante que atendia o pai dele tinha trazido de Londres. Um homem de Girona que, segundo as más línguas, tinha feito o serviço militar com o pai dele e, desde que o Jaume ficou grandinho, se apaixonou por ele. Era caminhoneiro e sempre tinha um pretexto para parar na nossa cidade para visitá-los e levar coisas modernas, além do material que seu pai encomendava, claro. Uma vez, o Jaume colocou no pescoço um lenço trazido do sul da França, sob a premissa de que lá todos os rapazes usam assim, Jaume, você vai estar à frente do seu tempo. Depois de dez minutos com o lenço, já tinha levado cinquenta mil sopapos, coitado.

Colocou a fita no aparelho de vídeo e ligou a televisão, e víamos e ouvíamos mal, como se viam e ouviam as coisas gravadas em VHS naquela época, mas era o único que conhecíamos, então era uma maravilha. Apareceram Ian Curtis e o resto do grupo num estúdio da BBC e começaram a tocar "Disorder". E lá estava eu, sentindo-me uma espectadora privilegiada não só do vídeo, mas também do Jaume vendo o vídeo. Começou a imitar os movimentos do vocalista, aquele jeito tão estranho de se mexer, que não dava para saber se era moderno e transgressor ou meio lesado. E o Jaume ao imitá-lo deixava exatamente a mesma dúvida. Mas, à medida que via o vídeo, fui ficando hipnotizada por aquele universo sincopado, ao mesmo tempo nervoso e tranquilo, e tenho gravada a fogo a imagem do Jaume suado, sério, concentrado, com os olhos delineados dançando igual ao Curtis uma canção de perdedores. Não sei o que deu em mim, dentro de mim, quero dizer, como uma ansiedade. De repente já estava lá, era uma deles, de repente pertencia, a partir daquele momento, a esse novo mundo de *outsiders*.

Saímos daquela oficina extasiados, ele por ser livre, eu por encontrar vida em Marte. Fazia um calor irrespirável, como em todos os verões em Arnes. Deviam ser umas cinco da tarde, e imediatamente se nota, nas cidades pequenas, quando aconteceu alguma coisa. É como se aquele rumor das pessoas emitisse uma frequência sonora apta apenas para os ouvidos dos autóctones. Assim que nos viram, duas senhoras que passavam na rua nos deram instruções frente ao último acontecimento:

— Jaume, corre para casa que o seu primo Joanet... — e então se calou.

— O quê? — disse ele.

Eu ainda estava um pouco preocupada de saber se aquelas duas moradoras da rua tinham me visto sair da oficina com o Jaume, ambos suados, e se haviam pensado coisa errada, e ainda mais agora, quando teoricamente eu tinha namorado. Mas ao ouvir aquilo aterrissei de supetão na rua Gaudí e me juntei à conversa:

— Como, como? — Então uma das duas, num ataque de drama, começa a chorar.

— O menininho morreu, meu filho, tão pequenininho! — O Jaume ficou petrificado, com a expressão desorientada, e não soube dizer nada.

— O que aconteceu? — perguntei. Olharam-se como se estivessem esperando essa pergunta. Uma das duas cedeu à outra com um gesto, como uma assistência de gol, o prazer de dar a notícia exclusiva, que mais do que o fato de um bebê de dois anos ter morrido, era como tinha morrido.

— De tanto comer avelã.

— Certo, vou lá para dentro — disse o Jaume, dando-se por satisfeito com aquela explicação de merda.

— Como que alguém morre disso — comentei eu, como única representante do bom-senso na rua.

— Se não acredita pergunte para a sua mãe, agora que ela fala, e que estava o hospital quando o levaram. Que não estamos aqui para fazer fofoca de lavadeira!

Quando me virei, o Jaume já havia desaparecido e eu fui voando para casa. Ao chegar, não havia ninguém e precisei esperar a chegada da Remei com a urgência de lhe contar um acontecimento daqueles. É o que acontece com notícias tão grandes, que queimam na boca e você precisa passá-las a alguém ainda desinformado para que parem de queimar em você.

Quando a Remei chegou, ficamos discutindo sobre a possível causa da morte. "E como deixaram um menino tão pequeno comer tantas avelãs?" "Será que estão inventando?" "O que estão escondendo, para inventar uma coisa dessas?" Até que minha mãe chegou do hospital e encerrou a conversa com uma só frase, seca como um anis:

— Era alérgico a frutos secos, mas descobriram isso de repente.

Então fomos nos aprontar e caminhamos dois minutos até a casa da família Monjo. Meia cidade estava na rua. Gente chorando, gente falando daquele jeito que é baixo e alto ao mesmo tempo, com os olhos vigilantes, olhando para a esquerda e para a direita. Minha mãe havia nos dado instruções precisas. Ela odeia essas situações.

— Vamos entrar diretamente, não vamos ficar do lado de fora para não comentar nada com ninguém. Falar por falar só causa problemas. — Não é que eu discordasse da minha mãe, só que eu era mais sociável. Comigo acontece que, apesar de pensar frequentemente que pessoa imbecil, sou incapaz de demonstrar e sou um encanto com todo mundo do mesmo jeito. De modo que a pessoa não sabe se vou mesmo com a cara dela ou só estou sendo amável. Nesse sentido, invejo a minha mãe, que se fala é só para justificar alguma coisa coerente entre o que pensa e faz. E se você não gostar, azar o seu.

A casa do velório era térrea e bastante grande, com um quintalzinho no fundo. O menino morto estava no seu quarto. Haviam colocado a caminha grudada na parede, e no seu lugar havia um caixãozinho bege. Já a cama do seu irmão mais velho, com quem dividia o quarto, continuava em seu lugar. Sorte que ele não estava ali, e espero que nunca tenha precisado ver o caixãozinho como colega de quarto, pois caso contrário calculo que nunca mais tenha podido dormir tranquilo. Agora lhe restavam ainda muitos anos de dormir com a ausência. O Jaume também estava na casa, os dois ainda tínhamos os olhos pintados. A mãe do Joanet era irmã caçula da mãe do Jaume, e eram cinco irmãs, filhas do Monjo Cabelinho. Com uma delas não se falavam, coisas que acontecem nas famílias. Estava sentado sozinho numa cadeira em um canto da sala de jantar. Movia os lábios como fazem algumas pessoas quando pensam, falando consigo mesmas. Ninguém estava lhe dizendo nada numa tarde como aquela, o que queria dizer que, por uma tarde, e diante da desgraça, o respeitavam.

Só que o faltava! A casa dos Monjo era sem dúvida o lugar ideal para ter uma dessas conversas faciais com a minha mãe, à qual se somou a Remei. Conforme indicou minha mãe com o olhar, a Remei, que havia herdado a parte pragmática da minha mãe e a parte social do meu pai, e, portanto, era a mistura perfeita, atuou como porta-voz na hora de dar os pêsames à mãe do garotinho, que só chorava e não entendia nada do que lhe diziam. O pai estava calado contra a parede, com cara desenxabida. Quando íamos em direção a ele, a mãe nos disse baixinho, usando só a metade dos lábios que estava mais perto de nós: "Típico quadro de estresse pós-traumático", como se essa informação pudesse de alguma maneira ajudar nós duas a termos um comportamento adequado. Quem falou foi minha irmã, a quem não por acaso eu idolatrava:

— Nossos sentimentos, Mercedes. Sentimos muitíssimo. Não temos palavras. — De fato, era literal. — Se precisarem de alguma coisa, sabem onde estamos. — Minha mãe, em segundo plano, fez que sim com a cabeça, com os lábios retesados e os olhos baixos, naquela expressão de gravidade, e não disse nada. Eu me limitei a colocar minha mão sobre o braço daquela pobre mulher, como um cão dando a patinha, embora estivesse bastante impressionada de ver uma criança morta a um metro de distância. A Mercedes recomeçou a chorar com toda energia e resolveu me abraçar. Deixou minha camiseta encharcada de lágrimas e ranho. Com os olhos arregalados, dizia com as sobrancelhas à minha mãe:

— Pelo amor de Deus, me salvem.

Também com as sobrancelhas, minha mãe respondeu:

— Aguenta um pouco, Marga, pode ser?

— Estou toda arrepiada, mamãe, me tira daqui.

— Não tenho nem ideia de como, aguenta um momento que já vai acabar.

Por sorte, consegui estabelecer contato visual com o meu pai, que não falava tão bem a língua do silêncio, mas sabia, isso sim, reconhecer a minha cara de pânico. E chegou imundo, já que vinha da lavoura, e gritou: "Margarita! Você estava aqui! Vem, que estão te procurando lá!" E fomos para a rua comer uns biscoitos que a dona Carmeta havia trazido. Quando entrei, a minha mãe estava conversando com o Jaume. Eu os olhava de longe enquanto minha irmã mantinha conversas normais e adequadas com umas quantas pessoas que estavam por lá. O Jaume era bom de conversa, se você lhe desse espaço para isso, o que era a especialidade da minha mãe: deixar que os outros falassem. Eu os olhava lá, sentados em duas cadeiras na sala de jantar de uma casa antiga, e tinha muita vergonha, porque horas antes, ao menos assim eu havia vivido, o Jaume e eu havíamos tido um momento de intimidade. Uma intimidade muito mais íntima do que eu havia tido com o Josep Maria naquele dia no mirante, que tinha sido uma coisa mais explícita, pública, grosseira. Não, com o Jaume estávamos a sós e ele havia me mostrado uma coisa dele, muito dele, muito mais privada do que se me tivesse mostrado o pau, o qual aliás eu já tinha visto muitas vezes, como a cidade inteira. Ele tinha me mostrado como ele era sendo ele quando ninguém estava olhando. E agora tínhamos um segredo, havia uma coisa dele que só eu sabia. Admirava um tal Ian Curtis, segundo tinha me contado, "um cara com muito talento, incompreendido, epilético e deprimido, que havia acabado se suicidando aos vinte e três anos porque achava que a vida não gostava muito dele". De repente tive a ideia louca de que o Jaume queria se suicidar, como o Ian Curtis. Embora não parecesse tão atormentado como o vocalista, na verdade parecia que tinha uma paciência infinita e uma bondade maior que o normal. Mas, na minha cabeça, toda aquela raiva contida precisava estar adormecida em algum lugar no meio do peito dele e um dia despertaria.

Quando a minha mãe deixou o assento livre, fui lá me sentar ao lado do Jaume. Para mim, era uma espécie de experimento. O Jaume era um pouco meu, embora só eu soubesse. Com ele eu podia ser outra. Uma outra que era eu, porque com ele não precisava fingir nada nem me preocupar de que riria de mim, porque era dele que as pessoas riam.

— Jaume, você não se suicidaria, né? Como o cara do Joy Division. — O Jaume deu um sorriso triste.

— Você viria ao meu enterro?

— A cidade toda iria, você sabe que aqui ninguém perde essas coisas.

A cidade era o nosso universo. As notícias locais e os boatos, com seu consequente desmentido ou confirmação, eram que havia de mais importante. Talvez no começo da tarde assistíssemos ao telejornal regional, mas o nosso governo era a prefeitura, e tudo o que diziam na televisão estava muito longe de nós, era como se falassem de outras pessoas, de outro país. Eu era feliz e não sabia, naquela espécie de *sitcom* de cenografia modesta. Com personagens reconhecíveis, adereços familiares e uma trama previsível. Se bem que, como em todo bom roteiro, as tramas às vezes tinham reviravoltas inesperadas.

REMEI

O dia em que minha mãe começou a falar também foi uma coisa de se ver. A Marga nunca na vida a tinha escutado articular nenhuma palavra. Algum som sim, talvez, algum espirro. Aliás, um dia estava descalça em casa e sem querer deu uma topada na perna do sofá que por pouco não lhe deixou o mindinho do pé cravado ali, e a ouvimos soltar um grito. Um grito imediatamente reprimido, mas um grito afinal de contas. Eu devia ter oito anos, e fazia três que não ouvia a sua voz. Fiquei desconfiada, mas não disse nada. A Marga passou a manhã toda chorando. Um choro sentido. Mas, como depois não disse mais nada, não se podia considerar que tivesse voltado a falar naquele dia. De pequena, lembro que falava. Mas minhas lembranças são muito nebulosas. Não que fosse uma mulher muito falante, como era o meu pai. Talvez por isso o casamento deles funcionasse, à base de conversas evidentes e breves.

Depois da topada no sofá, ainda se passariam outros seis anos até que ela voltasse a falar. E foi para nos dar uma ordem. Foi assim: estávamos à mesa da cozinha, acabando de almoçar, tínhamos comido uma salada verde e umas coxinhas de frango grelhadas. Cortávamos o melão quando de repente se ouviu: não corte tão grande. Ou seja: não corte tão grande. Não-corte-tão-grande. Nove anos e meio calada, e decide dizer essa frase. Talvez nos outros anos sempre cortássemos o melão menorzinho, vai saber, talvez como estávamos fazendo tudo direito ela não precisava dizer nada. Minha irmã e eu fizemos o mesmo gesto sincronizado de abrir a boca um pouco, olhá-la e deixar o garfo cair muito lentamente ao mesmo tempo. O meu pai, durante os três primeiros segundos, achou normal. Então reagiu. Erne! Você falou! Ai, pois é, disse ela, também um pouco surpresa. Então ficou calada por um bom tempo, com cara de não saber o que mais dizer. Aliás nem nós, bastante desconcertados. Não sei quantos segundos isso durou, aquele desconcerto, olhando-nos uns aos outros com muita urgência. Minha irmã esboçou um choro, mas na hora eu fiz um sinal para ela de que não era o momento. Meu pai e eu não estávamos dispostos a centrar a atenção nela. No final, foi meu pai quem rompeu o silêncio.

— E agora, o que faremos?

— Como assim, o que faremos? — respondeu ela.

— Agora você vai falar sempre?

— Não sei. Acho que não o tempo todo. É um problema?

— Vocês estão discutindo? Não acredito! A primeira conversa que vocês têm em dez anos e estão discutindo? — intervim. Alguém precisava instaurar o bom-senso.

Minha mãe não falou mais naquele dia até a hora de dormir, quando disse "vai dormir", olhando para a minha irmã, como que assumindo que ela era a única da casa a quem, pela idade, podia mandar ir dormir. Eu as segui sem que me vissem e fui observar da porta. Foi como nas outras noites, mas com voz, como se alguém tivesse subido o volume. Acompanhou-a ao quarto e fez o mesmo que sempre fazia (esperar que se deitasse e lhe dar um beijo na testa), só que agora acompanhado da verbalização do ato: vai, deita na cama. Boa noite, pequena, *chuac*. Minha irmã, anos depois, quando ainda nos falávamos com frequência, me contou que aquele boa-noite lhe soou a música de Wagner, bom, não disse exatamente assim. Nunca, nunca na sua vida a sua mãe havia lhe dado boa-noite. Nem quando pequena. Nota-se que segurava o choro, e então conseguiu perguntar a ela:

— Como é que agora você consegue falar?

— Não sei. Vou perguntar ao médico. — Minha irmã naquele momento não devia ter entendido ainda que ela era médica. Mas eu sim. Isso também me pareceu muito suspeito. Reconheci nela uma voz aguda que tinha quase esquecido.

Lembro-me também que duas ou três noites depois, quando a Marga já estava no seu quarto e eu no meu, ouvi meus pais gritarem um com o outro. Não estavam fazendo amor, não, ainda que na época eu não soubesse qual é o barulho de quando se faz amor, mas sabia o que era discutir; já tinha visto na televisão e na rua, e às vezes, muito poucas, havia discutido com o meu pai. Minha mãe, por não falar, havia se poupado das discussões pré-adolescentes, as quais meu pai acabou assumindo, mas pouco, porque meu pai não gostava nem um pouco de discutir. Discutiam, embora eu só tenha sido capaz de reter três frases, que foram: "Preciso de uma explicação, Erne", "Não entendo", e dela, "Preciso de tempo".

Como eu ia dizendo, meus pais formavam um casal um pouco estranho. Minha mãe era uma mulher sofisticada, culta, alta, magra, bonita. O meu pai era camponês, um homem humilde, sem estudos, calvo, não muito alto nem muito magro, por assim dizer. De jovem deve ter sido mais boa-pinta, pois do contrário não entendo. De como ficaram juntos, só se sabe que se conheceram numa festa de rua em Valderrobres, num show da orquestra Cimarron; minha mãe, depois de terminar a faculdade, tinha ido com a sua amiga Cinteta passar uns dias de verão em Beseit, aonde os pais de outra amiga, a Conxita, costumavam ir para mudar de ares. Mas nunca nenhum deles contou como foi o flerte, ou seja, qual paisagem forma o caminho que os levou de serem dois desconhecidos até a cama.

Umas duas semanas depois de voltar a falar, houve uma declaração oficial na sala de jantar. Uma espécie de entrevista coletiva doméstica. Passamos muito, muito tempo esperando pacientemente o meu pai para estarmos os quatro ali. Por enquanto, estávamos as três na sala de jantar, sentadas a Marga e eu no sofá grande e minha mãe em uma das duas poltronas. As palavras da minha mãe foram: "Marquei às sete com o seu pai, mas como sempre ele virá na hora que bem entender. Então ficaremos esperando aqui para que estejamos conscientes do valor do tempo e para que vocês não façam nunca com os outros isso de fazer esperar". Então, em lugar de ir cuidar da nossa vida (ou seja, brincar no quarto no caso da Marga, ou falar ao telefone com uma amiga no meu caso) e que nos reuníssemos na sala quando meu pai chegasse, ficamos sentadas daquele jeito e em silêncio até nove e vinte da noite, que foi quando meu pai compareceu, imundo, achando tudo o mais normal, como sempre. O que explica que não conseguisse entender por que estava sendo esperado por três mulheres de diferentes idades, irritadas, olhando-o como um ladrão de minutos de vida. Até mesmo a Marga, que sempre o defendia e ria de todas as suas graças, estava brava. Acho que foi a vez em que esteve mais perto de entender remotamente a minha mãe.

— Senta, Amador. Suas filhas e eu já te esperamos por horas demais.

— Como que me esperaram? Se vocês estavam em casa.

— Tínhamos combinado que às sete teríamos uma reunião familiar, não?

— Bom, às sete... Te disse que viria quando terminasse.

— E eu te disse que terminasse às seis e meia, hoje, por uma dia na vida. Não gosto que não tenha podido ser assim. — Então meu pai começou a dar desculpar relacionadas com aplicações de sulfatos, podas, cachorros, o óleo do trator e sei lá que outra embromação que havia considerado mais importante que o nosso tempo.

Minha mãe nos mantinha onde ela queria que estivéssemos naquele momento. Ideologicamente com ela.

— Você está com um cheiro horrível, Amador. Faz o favor de ir tomar um banho, que dez minutos para nós não vão fazer diferença.

Passados os dez minutos, mais os dez minutos adicionais que havia investido em fazer suas necessidades, segundo nos informou ao descer, a reunião começou. Àquela altura, já estávamos convencidas de que nos contariam que, agora sim, iriam se separar, e assim nos tornaríamos as primeiras filhas de separados da cidade, depois de sermos as primeiras filhas de uma mulher da cidade que havia ficado muda por causa de um susto. Mas não. Assim que a coletiva começou, percebemos que nosso pai era um espectador a mais. Sentou-se conosco no sofá grande e se limitou a ouvir o que minha mãe dizia. Não sei por que, a Marga tinha uma empatia extrema com o meu pai. Instantaneamente se colocava do lado dele e tentava salvá-lo de qualquer situação delicada. Acho que por isso naquele momento esboçou a intenção de cantar o hino e assim aliviar as tensões, mas o olhar da minha mãe (e, por que não?, também o meu, que naquele momento estava tão irritada quanto ela) imediatamente a fez reconsiderar. Minha mãe se movia numa janela emocional que variava de tolerar brincadeiras sem reagir, nos dias bons, a não as tolerar nos demais dias; ou seja, nunca aconteceu de que as brincadeiras lhe caíssem bem:

— Falei com os colegas do hospital. Conversamos com endócrinos e neurologistas. Analisamos as possíveis causas de eu ter perdido e recuperado a fala. Tudo indica que foi um choque pós-traumático. Parece que o superei. Podemos manter a normalidade, só que agora, quando eu achar conveniente, falarei.

— Um choque pós-traumático que dura nove anos? — interrompi.

— Às vezes sim.

— E vocês não falaram com psiquiatras? — Devo dizer que nunca apanhei em casa. Mas nesse momento preciso, lembro que teria preferido uma bofetada ao olhar que minha mãe me lançou ao perguntar isso.

E assim deu-se por encerrado o assunto da mudez da minha mãe. E aquelas frases equivaleram a virar uma página. Como se tivesse voltado ao cabeleireiro para fazer outra mudança de visual, como se tivesse comprado uma palmilha para corrigir um coxear, ou como se tivesse decidido votar novamente na esquerda.

À tarde, minha mãe insiste em visitar a Roberta, a vizinha mais próxima. Como chove, vamos de carro.

— Não pretendia, mas vendo que estão aqui, preciso contar: nesta terça-feira tenho uma palestra em Siena —

solta minha mãe como quem não quer nada, com as mãos ao volante e olhando a estrada.

— Quem você vai ouvir? — pergunto.

— A palestrante sou eu, quero dizer.

— Cala a booooca! Você? Então era a sério essa história de que você havia virado palestrante? — intervém a Marga.

— Eu também pensei que era humor negro — digo. Minha irmã ri alto. O riso da Marga é uma explosão.

— E sobre o que é? — pergunta.

— Sobre a minha vida.

— Ah, olha só, assim saberemos alguma coisa mais. — Agora a Marga opta pelo sarcasmo.

— Eu preferia que vocês não viessem. Não sei se estão preparadas.

— Sim, como se desse para perder isso — digo.

— Talvez vocês não gostem do que vão ouvir.

— Ah! Não vai nos dizer que virou atriz pornô! — diz a idiota da minha irmã.

— Mamãe, que é pornô? — pergunta o meu filho, e eu com a cara informo à Marga que quando sairmos do carro a matarei.

— Uma coisa horrível que você só vai poder ver quando tiver trinta anos, amor.

MARGA

Muito, muito depois de que minha mãe voltasse a falar, soubemos que isso de se calar durante nove anos e dois meses (repito: não falar durante nove anos e dois meses) foi voluntário. Sim, senhora. Tanto é possível que estivesse meio pancada, como que fosse uma completa egoísta, ou que simplesmente fosse uma mente brilhante muito acima do que a nossa algum dia será, e por isso não a entendemos.

Foi assim: aquela tossezinha que roía meu pai, afinal minha mãe conseguiu que ele fosse ao médico para vê-la, acho que mais porque a deixava nervosa do que por estar preocupada com a saúde dele. Saiu de casa no assento do passageiro do carro da minha mãe, numa manhã de terça-feira, e voltou na hora do almoço com um câncer de pulmão, ele que nunca havia fumado. Quem diz que tudo tem um motivo ou que cada um tem o que merece me dá verdadeiro nojo. Quando chegaram, minha mãe estava séria (como sempre, por outro lado) e meu pai entrou sério mas, ao ver minha irmã e eu aparecermos na sala de jantar, que foi de onde minha mãe nos chamou, desmoronou e começou a chorar desconsolado. Automaticamente eu também, um choro preventivo, esse meu, que começa por qualquer motivo, basta ver um adulto conhecido chorando, antes mesmo de saber por quê. Meu pai tentou relatar o que o médico havia lhe dito, entre um soluço e outro; minha mãe deu uma margem de, calculo, uns dois minutos, que é o limite da sua paciência, e disparou: o prognóstico no melhor dos casos é cinco anos de vida. Os gritos do meu pai deviam ser ouvidos em toda a cidade; os meus, até na cidade vizinha. Fui rapidamente abraçá-lo e passamos tanto tempo ali que me lembro de que, quando nos separamos, minha irmã e minha mãe já estavam na cozinha fazendo o almoço. Ele me disse amo muito vocês todas e que estava muito contente de ter me conhecido e de ser meu pai, que para ele tanto fazia o que eu acabasse fazendo da minha vida, só queria que eu fosse uma boa pessoa, honrada, trabalhadora. E quis me transmitir com toda pressa quatro ensinamentos sobre plantar hortaliças. Praticamente nos despedimos para sempre ali mesmo, só que depois fomos para a cozinha, que o almoço já estava na mesa, e ele continuou levando uma vida normal, acrescentando ciclos de químio e dias ruins, e depois semanas ruins.

Cumpriu-se o melhor dos prognósticos e meu pai durou cinco anos. Ao final já estava muito acabado. No hospital, haviam nos dito na segunda-feira que era questão de dias. Como minha mãe era médica, podíamos nos dar ao luxo de tê-lo em casa à base de injeções de morfina até o final, que chegou na quarta-feira não daquela semana, mas da seguinte. Nota-se que morrer não é tão fácil. Num exercício de contracorrentismo, convenci a família de que não faríamos nenhuma cerimônia religiosa. “Os padres há séculos enganam as velhinhas e tiozinhos com a única finalidade de perpetuar o poder da igreja. Mas vocês não veem que não faz nenhum sentido o que estão dizendo Que parece um delírio todo o discurso desse homem, pois a única coisa que querem é que a gente entre num estado de confusão e duvide de nós mesmos, vestidos do jeito que andam, comendo folhados e bebendo vinho jovem de Lledó, ah, francamente." Eu era muito intensa aos vinte anos. Quero dizer que tinha energia para investir em causas que me parecessem justas como se minha vida dependesse disso, e, para dizer a verdade, como meu pai já estava morto, o que importava agora qual ritual faríamos? Em todo caso, fui tão chata que no final minhas tias e minha mãe se contentaram com que o pároco fosse em casa dar a extrema-unção do mesmo jeito, por vidas das dúvidas (as dúvidas de se o céu e o inferno existem, que fique claro). Minha irmã e eu enquanto isso saímos para fumar um cigarro, e isso que habitualmente não fumávamos. E então, depois de velá-lo em casa, faríamos uma cerimônia laica no saguão da prefeitura. Minha irmã lhe dedicou algumas palavras, em seguida eu (de quem se esperava um melhor discurso, porque afinal aquela parafernália toda havia saído da minha cabeça, e, além disso, havia acabado de largar Bioquímica para começar Jornalismo porque diziam que eu escrevia tão bem — ou ao menos isso havia corrido na cidade desde que eu ganhei o concurso de redação da Coca-Cola), e então chegou a vez da minha mãe. Não preciso nem dizer que a cidade inteira estava esperando para ver o que ela diria, depois de tê-la visto se calar e recuperar a fala. Não decepcionou. Rezou um pai-nosso em castelhano. E ponto final. "Não quis complicar a vida", sentenciou ao voltar ao seu assento ao lado do nosso.

Havíamos combinado que qualquer um que quisesse poderia falar na cerimônia, porque meu pai era muito querido, pois havia sido, sobretudo, uma boa pessoa, um homem calmo, paciente, justo, honrado e bom. Não se pode querer muito mais de uma pessoa, acho eu. Enfim, que depois de falarmos as três e de o filho do padeiro destruir a Ave Maria de Schubert no clarinete, perguntamos se alguém mais gostaria de apanhar o microfone e dizer alguma coisa sobre o Amador. Até hoje não entendemos por que um homem de fora da cidade (era de Queretes) ergueu o braço. Eu gostaria de dizer algumas palavras. Todo mundo ficou um pouco surpreso, porque aparentemente não era uma pessoa próxima dele. Era guarda civil. Claro, era tarde demais para recuar. Seria feio dizer-lhe que não, não poderia subir para falar. Vai saber, talvez tivessem algum tipo de relação discreta. Talvez estivesse a ponto de ser revelado para nós um segredo daqueles que só têm graça quando vistos nos filmes. O guarda civil apanhou o microfone. "Lembro do Amador pelas ruas da cidade, passando com a sua motinho, eu cedendo-lhe passagem às vezes. Lembro de uma noite, era noite de São João, estávamos fazendo uma blitz de rotina na rotatória de Vallderobles, e o vi chegar com a sua querida Vespino. Mandei ele parar. Puta vida! Imediatamente percebi que estava bebaço! Mandei ele assoprar. Zero cinquenta e nove! Rá! E ele me disse: 'Olha, vou dizer a verdade, acabo de jantar em casa com a família, só saí para levar a menina para uma festa em Valderrobres. Não fiquei bêbado jantando em casa!'. Estava desesperado, coitado. E eu lhe disse: tecnicamente, você está bêbado, sim. Bebi duas cervejas, pelo amor de Deus!, disse ele. Não, colega, por duas cervejas você não registra zero cinquenta e nove!" Haha! Aí me veio com aquela história do metabolismo, que o seu fígado sei lá o quê, não sei que merda de uma metástase. Pois é, pois é! Afinal, tive de multá-lo, evidentemente, pois sou um profissional, e lhe disse, vai, dá uma corrida por aqui e vamos ver se te baixa um pouco, vamos ver se posso reduzir a tua multa, porque eu gostava muito do Amador. 'Não posso mais correr', me disse, e sentou na sarjeta. Isso faz só quatro meses, e olha agora, foi correndo para o lado de lá! Agora, sim, colega, aproveite a viagem!" Depois dessa intervenção ninguém mais pediu para falar. E, apesar da chuva de estupor que choveu sobre a cabeça de absolutamente todos ali presentes, o discurso teve ao menos uma consequência positiva: minha mãe começou a chorar, algo que minha irmã e eu nunca tínhamos visto. Em seguida, disse:

— Ficou imperfeito.

Então chegou a hora de levar o caixão ao cemitério. Fomos caminhando, atrás do carro fúnebre. Nós três, minha avó paterna (os avós maternos não cheguei a conhecer, morreram jovens), duas irmãs da minha avó e mais duas moradoras que nunca perdem nada; o resto da cidade foi aos poucos voltando para suas casas. Foram os cem metros mais surrealistas da minha vida.

— Preciso contar uma coisa para vocês. — A Remei e eu andávamos de cabeça baixa e a giramos na direção da minha mãe. Continuou falando em volume suficientemente baixo para que ninguém mais a ouvisse. — Não foi pelo susto.

— Como é que é? — disse eu.

— Não foi pelo susto que eu fiquei muda.

— E por que, então? — sussurrou a Remei.

— Foi porque quis. No dia em que voltei a falar foi porque me escapou o comentário. — Não sei como dizer; se nos furassem não sairia sangue.

— Como é que é? — voltei a dizer.

— Eu fingi. — Em meio a tudo isso, continuávamos caminhando lentamente rumo ao enterro do meu pai. Paramos um momento, minha irmã e eu, tensas, durante uma passada das outras integrantes do cortejo. Retomamos o passo em seguida, reprimindo a mistura de raiva e perplexidade. Chegamos ao cemitério. Esqueci de ler o poema que havia preparado. Não me lembro qual. Não me lembro praticamente nada do fato de colocar meu pai morto dentro do buraco onde também estava o pai dele, porque, também num dia como aquele, minha mãe decidiu ser a protagonista da história.

— Não podia ter esperado uma semana para confessar isso? Precisávamos estar pensando em você também hoje? — a questionei quando chegamos em casa.

— Não queria dar um desgosto ao Amador. — Nunca na vida havia se referido a ele como o papai, ou com algum apelido carinhoso. A maneira mais amorosa que tinha de se referir a ele era "o pai de vocês". — Não sabia como dizer isso a ele — teve a cara de pau de dizer.

— Ah, muito bem, e agora que faz dez horas que ele morreu você pensou, já posso falar qualquer coisa e dane-se, né? — disse eu.

— *Ciao, bellissime!* — Uma mulher de figura opulenta aparece no alpendre à entrada de um jardim magnífico. Ouvem-se gritos de crianças brincando que não vemos. O Teo reconhece o som da diversão. Se fosse um cachorro, teria levantado as orelhas.

Chama-se Roberta, é divorciada pela segunda vez. Mora sozinha, mas os filhos, um homem e uma mulher de pais diferentes, vêm com frequência visitá-la e, sobretudo, deixar-lhe os netos. Tudo isso é informação que minha mãe transmitiu no caminho. E isso é o que capto ao chegar: são amigas, têm abertura. Fico surpresa, e acho que também contente de ver que minha mãe foi capaz de fazer uma amiga, mesmo já idosa. Eu achava que era uma antissocial irreparável. Pelo jeito o pretexto foi um intercâmbio linguístico italiano-catalão, mas está claro que as duas precisavam de uma amiga. (Essas são palavras minhas, que eu deduzi; minha mãe continua convencida de que ficaram amigas para se ensinarem os respectivos idiomas.)

A Roberta não é uma mulher que passe despercebida; tem o rosto redondo e grande, uma voz gritada, expressões marcadas, gestos ostentosos, veste-se com cores vistosas e tem a casa cheia de flores em vasos com água. Eu gosto, mas a Remei me disse que acha com cheiro de cemitério.

— Como vai a palestra, Erne? Suas filhas já estão sabendo? — Diz baixinho, mas não tanto, pois a ouvimos. Minha mãe responde com a boca meio fechada, notavelmente incomodada, olhando para o chão e de perfil, "ah, não, não, vão ficar sabendo lá". Então aquela mulher enorme faz uma cara muito séria e nada mais. A Remei e eu nos olhamos e nossa conversa na língua do silêncio é confusa e gira em torno de "o que ela quis dizer com isso".

ERNE

Devo confessar que a Roberta me surpreendeu. Ou seja, eu não esperava que fosse gostar dela. Tem uma energia que não sei de onde tira. E ao que me consta não se medica. Deve ser questão de genética. Um dia depois de eu me instalar na casa, tocou a campainha trazendo meio metro quadrado de torta de maçã e uma garrafa de limoncello. Tudo feito por ela. Eu nem podia acreditar! Ela nunca tinha me visto! Não podia saber se eu era boa pessoa ou uma psicopata perigosa. Nem mesmo se iria com a minha cara. Pensei, que desequilibrada. E por alguns momentos cogitei que a psicopata perigosa fosse ela. Por que outro motivo alguém seria cento e cinquenta mais acolhedora do que se espera? O que ela está escondendo? No fim das contas, o que queria era aprender catalão. Para mim vinha a calhar, porque também precisava melhorar meu italiano, então imediatamente combinamos de nos falarmos diariamente. Agora já a conheço e estamos muito unidas; é gente boa. Muitas vezes, essas pessoas tão acolhedoras, tão entregues, que fazem tantas coisas pelos outros, esperam que os outros façam o mesmo por elas. E eu a avisei: não sou como você. De mim você não pode esperar o mesmo. Deixei as coisas claras. E ela achou que tudo bem. Às vezes penso que supre alguma carência cozinhando e fabricando licores caseiros, cuidando dos netos, do jardim, das flores, da casa. Mas, olha, no fim das contas cada um vive as suas misérias como pode. E talvez seja melhor assar tortas do que se entupir de substâncias químicas. Só não vou ser eu quem vai provar isso.

Em meio àquilo, a Roberta desapareceu um momento e voltou com uma bandeja com limoncello e quatro copos, a sua maneira de dar as boas-vindas, que já conheço. Serve um copinho para cada uma de nós. Marga o entorna sem nem perceber. Remei fica olhando o copo cheio. Por um instante havia esquecido do "seu assunto". Vejo que hesita. Prefiro não interferir e observar o que decide. Teo brinca no jardim com os netos da Roberta.

— Não vou beber, obrigada — acaba dizendo.

— É que está grávida. — É a Marga quem tem a satisfação de dar a notícia, fazendo um gesto com as mãos sobre a barriga. A Remei, mais séria e reservada, não vê nenhuma graça na revelação.

— Você está grávida?! Que alegria! Parabéns!!! — A Roberta vai na direção dela e faz algo que na nossa família não se faz: a abraça, e a abraça praticamente colocando a cabeça dela no meio dos seus peitos imensos, enquanto lhe toca a barriga sem nenhum pudor. Posso ver o olhar da minha filha apavorada buscando a minha empatia. A Roberta é animada, mas muito invasiva.

Já a Marga parece achar tudo normal. Sorri satisfeita e despreocupada observando a cena, que acaba sendo incômoda para a Remei e para mim, enquanto enche outro copo de limoncello.

— Não, eu acho que não vou ter — diz a Remei.

— Como não? Você não quer?

— É que...

—... Não é do marido dela — dispara a Marga.

— Você é idiota? — Sorte que a Remei se meteu, porque se não me meteria eu. Que menina mais impertinente. Seu pai pelo menos não falava para não ofender, mas ela pelo jeito me saiu uma versão desbocada.

— E isso importa? Você quer ou não quer ter?

Remei leva alguns segundos para responder e afinal diz:

— Não sei. — E acho, posso ler no seu tom, que realmente não sabe. Mas não bebe o limoncello.

Eu mesma bebo muito pouco. Quando cheguei aqui, só havia bebido uma noite, ainda jovenzinha, quando amarrei um porre que ainda hoje me pesa; nunca mais quis saber de álcool. Até que vim morar aqui e me permiti, para dizer de alguma forma. Perdoei-me. E quando a Roberta me convidava para jantar na sua casa e abria uma garrafa de vinho, eu realmente gostava de beber com ela. Descobri que há algo de relaxante em se deixar levar, permitir que uma coisa suba à sua cabeça e que você diga bobagens, sabendo que não tem problema. E como ela gosta de verdade e parece que não lhe faz mal (às vezes brinca me dizendo: você deve ter o fígado do tamanho da unha do mindinho!), chegamos a terminar uma garrafa inteira entre nós duas enquanto jantávamos. Mas eu ficava péssima. E não falo do mal-estar do dia seguinte. Ao final de uma noite a Roberta me disse: você na segunda taça fica irritada. Ficava mesmo, ela tinha razão. É o sentimento primitivo que me brota quando eu arranho por cima. E não gosto, por isso tento não dar nenhuma atenção às bebidas alcoólicas. Finjo que não existem. Como as pessoas de quem não gosto ou os problemas que não querem ser resolvidos. Meu pai bebia. Na época era normal, os homens bebiam. Na minha casa, todos os almoços terminavam iguais: ele dominando a conversa, conduzindo-a ao seu terreno, onde ninguém se atrevia a contestar nada. E, por mais que se tentasse evitar, sempre acabava escapando uma ou outra descompostura. Cheguei a detestar comida e custei a ligar os pontos de que era porque sempre que me sentava à mesa tinha a sensação de ter feito algo errado, porque a cada refeição levava uma bronca totalmente gratuita.

MARGA

Estou um pouco bêbada. Para dizer a verdade, adoro ficar um pouco bêbada. Elas conseguem beber um golinho de limoncello e pronto. Eu preciso ver o final da garrafa, se não fico ansiosa. Agora já me subiu um pouco para a cabeça, que é o que eu queria. O suficiente para não dar bola para as conversas que rolam, tenham ou não a ver com a gravidez da Remei. A Roberta preenche todo o espaço. Fala sem parar e passa de um assunto ao outro sem nenhum esforço. Sobre os filhos, os netos, os pratos que cozinhou ou vai cozinhar esta semana. Aonde ir para comprar bons produtos em San Gimignano. Viajar. Lugares da Itália que não podemos perder. Deve ser a bebida que me deixa nostálgica, mas, entre os bocados de bolo com um glacê branco delicioso que a Roberta serviu, penso em Arnes. A vida lá era mais fácil, talvez de pequena não me parecesse, mas agora eu acho que sim. Só que aquela vida não existe mais. Faz anos que não vou lá.

Não me conformo de ter perdido a chance de voltar a Arnes para o funeral da mãe do Jaume. Minha mãe e minha irmã, sempre dispostas a me verem perdendo chances na vida. Eu precisava ter lhe dado os pêsames, como boa conterrânea que se preza.

A última vez em que nos vimos, o Jaume e eu, foi no enterro da tia Mercedes; a última e única vez depois que ele foi embora da cidade para morar em Tortosa.

Era inverno, já faz uns dez anos, e todo o calor que faz em Arnes no verão é proporcional ao frio do inverno de lá. Às vezes neva. Naquele dezembro nevou, era antes do Natal, e, apesar de ter voltado à cidade unicamente cumprindo as ordens que minha mãe havia enviado da Toscana para que eu e a Remei comparecêssemos ao funeral da minha tia--avó, e assim a poupássemos de ir, lembro bem de tudo. Eu ainda vivia em Tarragona, e minha irmã ainda não tinha o menino. Passou para me buscar em casa e descemos juntas para a nossa cidade. Recordo que a Remei tinha mudado de visual, eu diria que pela única vez em toda a sua vida, antes de voltar assim que pôde ao clássico cabelo de sempre, sem franja, preto e liso, genérico e asséptico. Naquele dia que tinha passado em Tarragona para irmos ao enterro da tia Mercedes, tinha cortado o cabelo, um corte ousado, mais comprido na frente do que atrás, mas no geral bastante curto. Como se tivesse perdido uma aposta. Conhecendo a Remei, não dava para entender que usasse aquele penteado.

— Cara, tudo bem com você? Por que você fez esse cabelo?

— Ficou horrível, né? Odiei, detestei. Não sei por que fiz. — E ficou calada uns segundos até que voltou a afirmar: — Não gostei nem um pouco.

— E tudo bem com o Gerard? — eu disse, porque todo mundo sabe que, quando você muda de visual, é porque na verdade quer uma mudança de vida. Começa-se por mudar o que está mais à mão, o que se pode controlar, o aspecto físico. O seguinte passo costuma ser a decoração do lar.

— Sim, mas não sei. — E voltou a calar alguma coisa que substituiu por: — Precisava de uma mudança, mas talvez não seja esta. — Pouco depois, ela e o Gerard começaram a tentar ter um filho. E eu naquele momento acreditei que devia ser essa a mudança que ela queria, um bebê na sua relação narcótica e antiga. Mas devo dizer que naquele carro, por uns momentos me gerou certa euforia fantasiar com a ideia de que a vida da Remei desse uma guinada *punk* a partir daquele corte de cabelo e mandasse o Gerard à merda e se drogasse comigo um pouco, como que para experimentar a juventude que nunca teve.

Então chegamos à cidade e caía uma chuva misturada com neve. Passamos aquela noite na casa da falecida, num quarto arcaico com cheiro de penúria e um frio que doía, onde compartilhamos com um milhão e meio de ácaros um colchão de lã que a tia Mercedes guardava como um tesouro, porque sempre dizia que não se faziam mais colchões como aquele, e nós na língua do silêncio nos dizíamos que por algum motivo devia ser. A casa estava cheia de senhoras da cidade, e a Remei e eu éramos as duas únicas familiares diretas, então assumimos o lugar de anfitriãs, um pouco nos sentindo impostoras, a bem da verdade. A irmã dela, nossa outra tia-avó, havia morrido pouco depois do meu pai. Eram solteiras e sempre haviam vivido juntas naquele sobrado de Arnes com quatro quartos, cozinha, sala de jantar, lavabo, banheiro completo, toda voltada para o exterior, bem orientada, oficina e sótão, que minha irmã e eu víamos como solução definitiva para voltar a ter uma casa na cidade. Uns dois meses depois, ao consultar as últimas vontades dela junto ao tabelião, ficamos sabendo daquilo que a Remei e eu batizamos de "a desgraça do Clero", o fato de ela ter deixado tudo, ou seja, a casa e suas economias, para a igreja, e que à Remei e a mim só legasse as quatro joias (que foram postas à venda imediatamente e nos renderam cinquenta e seis euros) e a bosta do colchão de lã.

Em todo caso, naquela noite como anfitriãs ainda não podíamos imaginar nem remotamente isso da não herança e estávamos animadas. Devo dizer que não tínhamos uma relação lá muito estreita com as tias, uma não relação alimentada pela minha mãe. Assim que tristeza mesmo não sentíamos muita, vão me desculpar; então, aquela noite era uma aventura, uma excursão de colégio nas nossas vidas insossas. Na época ficamos magoadas, mas pensando agora acho que é normal isso da herança, porque nenhuma das duas nos preocupamos com a tia Mercedes ficando velha, doente, e acho que as pessoas carolas, essas sim, "por um motivo ou outro, sabem o que fazem", que é a opinião da minha mãe sobre esse assunto todo. A terceira das irmãs, nossa avó Mari Carmen, morreu uma semana depois da minha mãe voltar a falar, então só me lembro dela muito vagamente. Nunca esclarecemos do que ela morreu. Durante algum tempo, especulou-se na cidade se havia sido do impacto por minha mãe ter voltado a falar ou se foi de indigestão. Aposto mais na última hipótese, porque, francamente, se minha mãe tivesse começado a cantar ópera ainda colaria, mas pelas quatro frases que começou a dizer, não era para tanto. Por outro lado, sabe-se que naquela noite minha avó havia jantado fartamente, há testemunhas.

Num momento dado daquela noite, o Jaume apareceu na porta da casa da tia Mercedes. Fazia dez anos que não o via nem sabia nada dele. Ele devia ter uns quarenta naquela noite. Quase desmaio. Imediatamente o reconheci, pensei que estava mais bonito do que antes, mais seguro de si, com as feições mais marcadas e os cabelos mais curtos, mas ainda mais encaracolados e pretos, as costas mais largas. Tudo isso pensei em coisa de um segundo e meio, e me invadiu uma euforia incômoda enquanto o via entrar e avançar decidido na minha direção. Não pude evitar oferecer-lhe o mais radiante dos meus sorrisos e cheirá-lo enquanto me dava dois beijos. Aconteceu comigo aquilo que acontece quando você está muito nervosa para reter qualquer coisa que falou. Então não sei exatamente o que nos dissemos naquele primeiro momento. Suponho que oi, que surpresa, não estava te esperando, e sei que ele ficou lá até que não restasse quase mais ninguém, e então disse que ia indo para casa e eu me ofereci para acompanhá-lo, com a desculpa de que queria esticar as pernas e ver se a neve tinha se acumulado. Saí sem abrigo, pelo nervosismo, pela pressa, pela sufocação que sentia, porque isso, que o Jaume estivesse ali naquela noite, era a coisa mais emocionante que havia me acontecido em muito tempo, sem querer muito entender o porquê.

— E por que você está por aqui?

— Vim passar o Natal, tirei uns dias a mais de férias, porque a minha mãe desde o dia em que meu pai morreu fica muito triste nestas datas. Está muito sozinha, sabe?

— E quem não está? — Eu queria parecer profunda, madura e interessante, mas me saiu mais uma frase passivo-agressiva. Nunca acerto nisso. — Você não? Eu também estou.

— Sim, mas ela tem setenta e cinco anos. — Merda, claro. Notem que eu acabava de me comparar à mãe dele.

— Putz, pois não consigo nem imaginar como vou estar solitária aos setenta e cinco! Que frio! — atalhei, para mudar de assunto, percebendo que eu estava querendo causar pena nele. Além do mais, eu estava com frio de verdade. A neve não havia se acumulado, aliás. — Mas por que raios eu fui deixar o abrigo, que esperta que eu sou.

— Toma. — Ele já estava tirando o seu, mas eu fiquei com pena e o interrompi.

— Nem pensar! Eu que deixei de trazer, arco com as consequências! — E pensava que, com essa frase minha tão incisiva, ele se daria por vencido, mas continuou tentando tirar o abrigo. Então, sei lá, como num ato reflexo, seguramente vítima da impermeabilidade materna, me pus fisicamente a impedi-lo, de maneira que começamos a lutar corpo a corpo, no meio da rua molhada, no meio de um ataque de riso.

Ganhou ele. Como tinha investido muitos esforços em não aceitar que ele me emprestasse o abrigo, ao final decidi colocá-lo sobre um dos ombros e fomos caminhando, ambos mortos de frio, até a casa dele. À porta, para nos despedirmos e finalmente e pela primeira vez na nossa vida, nos abraçamos, talvez tenha sido apenas um segundo, ou talvez três ou quatro. Quando nos separamos, nos olhamos brevemente de perto e, naquele instante, não sei ele, mas eu senti basorexia. Então a única coisa que me ocorreu fazer para prolongar aquele momento antes de precisar voltar, convencida de que ele não faria nada no mundo e não fez, foi acariciar suas bochechas com as costas da mão. Sim, algo tão condescendente, que dá tanta raiva nos homens quando você faz. E lhe disse:

— Tchau, bonitão.

— Tchau, Margarita. — Tchau, bonitão?! Tchau, bonitão?! Voltei voando para a casa da tia Mercedes, perseguida pela minha própria vergonha. Quando cheguei, a Remei já tinha arrumado tudo e estava no banheiro de cima, imagino que buscando uma solução para o seu novo visual capilar, a tia Mercedes estava morta no quarto pequeno de baixo. Entrei muito agitada, fui olhar o caixão e não me surpreendeu nem impressionou ver um cadáver, de tão absorta que estava com o que havia acabado de acontecer, ainda decidindo se contaria ou não para a minha irmã. Passei pela cozinha e apanhei um biscoitinho de chocolate que havia sobrado e comi sem nem perceber.

— Marga, que tarde você veio. O que aconteceu?

— Não aconteceu nada, o que podia acontecer? Esqueci o abrigo e morri de frio.

— Vocês ficaram?

— Que é isso, sua maluca? Por que você está dizendo isso?

— Não sei, estranhei que você quisesse acompanhar ele até em casa.

— Cara, é o Jaume, pô?

— Sei lá, você é tão assim que...

— Assim como?

— Tão... Tão sui generis, né?

No dia seguinte, esperava voltar a vê-lo no enterro, mas não veio, nem a mãe dele. Ouvi uma mulher da cidade dizer que afinal tinham decidido ir passar aquele Natal em Tortosa, na casa do Jaume. Não voltei a vê-lo desde então, já faz dez anos. Muitas vezes me perguntei o que teria acontecido se eu tivesse me atrevido a falar do beijo que morreu na minha boca enquanto nos despedíamos. Certamente ele devia me enxergar como a minha irmã naquela época, uma jovenzinha despirocada, com a cabeça nas nuvens.

Também não voltei mais a Arnes, e essa é uma coisa na qual sempre penso. De vez em quando busco motivos e coragem para isso. Mas me dá pânico a sensação de chegar lá e não ter aonde ir, me sentir deslocada, que não reste nada do que fomos: as crianças, a família, os amigos.

A infância é como um carrinho-de-mão que se arrasta pela vida toda. Tenho medo de me virar para olhar o que tem nele, e que nada se pareça com o que me lembro. Imagina se nem o Jaume se alegrasse de me ver. Quem seria eu então? Às vezes penso que somos como somos dependendo de quem se alegra com a nossa existência.

REMEI

Quando voltamos da casa da Roberta, minha irmã insiste em se meter na banheira. Diz precisamente que não vai embora daqui sem usar a banheira de época que minha mãe tem no seu banheiro. E então discutimos:

— Isso não é hora de entrar na banheira. Toma um banho de chuveiro e pronto — lhe digo. Como ela faz drama!

— Ainda nem estreei essa banheira — diz minha mãe.

— Como é? Que você nunca tomou banho nessa banheira? Mas faz quinze anos que você mora aqui — diz a Marga.

— Não. Sempre tomo banho de chuveiro.

— E por que você tem uma banheira se sempre usa o chuveiro?

— Veio na casa.

— Bom, pois o fato é que nunca mais me hospedei numa casa com banheira desde que morávamos em Arnes, e lembro que o banho de banheira era um dos meus passatempos preferidos. — Isso é verdade, tínhamos essa discussão a cada dois dias. — Enchê-la de água superquente e sabão que faz bolhas e me sentir importante; importante no sentido de me dar importância.

— Pensa que são nove da noite, que o menino também precisa tomar banho e ainda precisamos fazer o jantar. Tudo bem que você é muito importante, mas tudo isso também é. — Minha mãe é sutil, mas ferina.

A Marga parece decidida:

— Vocês ficam muito nervosas por eu tomar um banho de banheira, por me dar de presente esse tempo e essa água, acho que porque vocês não se permitem isso, mas para mim é um verdadeiro ritual isso de me limpar. Eu diria que a cabeça de vocês funciona mais dentro de um limite de austeridade sob o lema de "se não precisa, não precisa", o que as leva a tomarem chuveiradas de menos de cinco minutos, a não tomarem café se tiver cafeína, porque literalmente, dizem vocês, não serve de nada, e isso é o paradigma do dia a dia de vocês. Menos é mais. Vocês fazem tudo muito rápido, se vestem com qualquer coisa que por acaso fica sempre do caralho, se arrumam pouco, se não precisa, não precisa. Claro que isso é muito fácil se você tem uma cútis perfeita e veste trinta e oito. Vocês rejeitam o luxo mas defendem a beleza. A pioneira familiar desse dogma é a minha mãe, você — refere-se a mim — é só uma fiel seguidora. Não acho que sejam muito conscientes de fazerem isso, mas fazem. Faz anos que estudo vocês. — Nem minha mãe nem eu somos capazes de dar um pio diante desse solilóquio. — Por exemplo, vocês não queriam nem de graça um carro de luxo, esses tais "carrões" como se diz, e sim um carro que funcione, que leve vocês de um lado para o outro, sempre de segunda ou terceira mão, sim, claro, só precisa ser útil, né? Já eu, se tivesse dinheiro, compraria um Beetle ou um Mini, se bem que primeiro teria que reaprender a dirigir, mas essa é outra questão. Por outro lado, vocês gastam dinheiro com comidas caras, com vinho caro ou com arte, porque dizem que a beleza alimenta e os bons alimentos também. E, falando em beleza — certo, não sei por que fui contra ela entrar na banheira, nem por que precisamos ficar prestando tanta atenção nela, se amarrou um porre do tamanho de um piano —, preciso começar por buscá-la em mim mesma. Como para vocês é um item de série, podem se permitir buscá-la nos objetos. Ou deixar o luxo completamente de lado. Porque o luxo são vocês! Eu me olho no espelho e penso o que significa esta papada, ou se o nariz está finalmente ganhando vida própria. Para mim, o ritual do banho e investir um bom tempo por dia tentando aceitar o meu físico são uma questão de saúde mental. — Minha irmã é desse tipo de gente que sempre tem o conceito de saúde mental na boca, mas não sabe absolutamente nada a respeito. — Olhar para mim e tentar me sentir bonita nos dias da ovulação, não me odiar no resto do ciclo. Talvez se eu estivesse cercada de feias teria outra concepção de mim mesma. Mas cresci cercada de vocês duas! Meu pai era o único que era feio, e me deixou sozinha com vocês, paradigmas da beleza distraída!

E se vira com toda a autoridade que uma bêbada julga ter e entra no banheiro diretamente em direção a uma banheira vitoriana que resta saber se funciona. Como sempre, vai se esquivar de fazer o jantar, e ainda por cima teremos que esperá-la à mesa, dirá que não quer comer, que já comeu bastante na casa da Roberta, mas acabará jantando assim mesmo, porque tem uma obsessão, não sei se consciente, mas, bom, que utiliza a comida como terapia nociva. Assim como o álcool.

A família é fonte de traumas mútuos. Com certeza todas as casas têm sujeira para esconder debaixo do capacho na porta. Lembro da Assumpta, que leva a vida mais convencional possível e cresceu num ambiente cem por cento estável, naquela época tenra, anterior aos preconceitos e à autocensura, a época das amizades sinceras para a vida toda, em que a lealdade à mãe não, mas à amiga é sagrada, naquela época ela me disse que sua mãe ficava dando beijos no leiteiro, que também lhe trazia ovos de uma granja, e que os havia visto num dia em que estava doente e tinha ficado em casa sem ir à escola: quando ele levou o leite e os ovos, no quintal da própria casa dela, enquanto o pai dela trabalhava, se beijaram como nos filmes, e ele ficou mexendo na bunda e nos peitos dela. E o rapaz da família do leiteiro ficou levando leite e ovos até que a Assumpta terminou o colégio e a cidade todo sabia do caso da mãe dela, mas um dia em que eu abordei o tema como piada, já maiores, "e sua mãe, quando pensa em ir morar com o leiteiro de uma vez por todas", e não disse com nenhuma má-fé, juro que não, dizia mais como libertação, porque era evidente que a mãe dela tinha passado a vida toda apaixonada, como se tivéssemos duas vidas, uma para testar e aparentar e outra de verdade para fazermos o que realmente quisermos, e aí ela vai e me solta, "como assim, cara! Ela não tem nada com o leiteiro, ele nos traz leite e pronto. Muitas vezes deixa na porta e tchau!" Como se ela nunca tivesse me confessado aquilo. Negando a sua eu do passado. Como se houvesse uma necessidade social imperiosa de silenciar a adolescente que fomos ou que às vezes ainda somos por dentro, para o bem e para o mal.

Traumas familiares eu vejo a rodo no meu trabalho. Gente bloqueada, incapaz de responder quando alguém lhe grita: trauma de infância. Gente que precisa de validação do cônjuge para comprar uma caneta ou camiseta que seja: trauma de infância. Narcisismo: trauma de infância. Os traumas são transmitidos como vírus, uma hora você para mim sem perceber, depois eu a outra pessoa sem perceber. Teremos parceiros e filhos cujas almas sabemos que vamos sujar em maior ou menor grau, segundo a consciência que tivermos do esterco que arrastamos. Relações patológicas que se perpetuam a menos que algum membro perceba e decida acabar com eles, tratá-los, adestrá-los. Minha mãe me influenciou muitíssimo, eu sei, já pensei muito nisso. Mas que mãe que não influencia? O que quero dizer é que a sua figura me impressionou e repeliu em partes iguais. Ela foi ao mesmo tempo tudo o que queria e não queria ser. Já meu pai nunca foi senão um coadjuvante nas nossas vidas, alguém tão insosso que, de tão bom, tão simplório, tão simples, nunca me despertou nenhum tipo de interesse. Coitado, eu o amava muito, claro, mas como se ama um animal de estimação ou um primo. Ele estava por ali, como um adereço, sem nunca impor nada, servindo de exemplo, suponho, apenas da mera existência. O que minha irmã sempre achou fascinante nele (apreciar as pequenas coisas como uma salada da horta ou um sorriso amável) eu só soube ver como uma personalidade rudimentar, sinais de fraqueza. E isso por culpa da minha mãe, sempre exalando essa sensação de estar onde não devia, três ou quatro degraus abaixo das suas expectativas. Um lugar onde eu, em hipótese alguma, deveria permanecer.

— No que você está pensando? — me pergunta minha mãe enquanto corta um pão italiano.

— Em nada. E você?

— Em nada também. — Já tivemos mil vezes essa não conversa. Já a Marga se empenha em se comunicar, em se expressar abertamente conosco, a dizer tudo o que lhe passa pela cabeça, e, com os trinta e cinco anos que tem, parece que ainda não percebeu que com isso só consegue é incomodar a mim e à minha mãe.

Mas então levanto a vista e noto que minha mãe está olhando nos meus olhos para me fazer um sinal: olha a minha barriga, volta a olhar os meus olhos e levanta um pouco o queixo como quem diz "e aí?". Eu lhe respondo encolhendo os ombros e espremendo os lábios.

— Você precisa tomar uma decisão.

— Eu sei. Mas é que não sei ao certo

— E o que você acha vai ser? Que vai acordar um dia e vai saber ao certo? — Eu e a olho como quem diz, sim, não é? — Olha, a cada dia que passa com um bebê na barriga, se você não quiser, vai ser pior. Porque depois isso vai precisar sair. E quanto maior for, mais mal vai te fazer. — Não consigo dizer nada. Juro que o pragmatismo dela às vezes me supera. — Mas se você quiser ter, então vai em frente. Nós vamos te apoiar. — Olho para ela sobre os óculos de grau que estou usando para fazer o jantar. — Bom, isso é modo de dizer. A minha vida não vai mudar em nada se você tiver outro filho, porque eu vou ficar por aqui. Mas, enfim, você tem o meu apoio emocional, se quiser ter o bebê. E se separar. Ou não, atenção! Que isso talvez seja uma decisão do Gerard, se ele quiser continuar com você apesar de... você sabe o quê.

— Você não está me ajudando muito a me decidir.

— Você precisa tramar um plano. — Ahá! Era aqui que ela queria chegar; minha mãe adora tramar planos. Saber, ter sob controle tudo o que vai acontecer e, se possível por escrito. — Tanto faz o que você sinta. Decida e pronto. E se agarre à sua decisão.

— Assim é como você enfocou a sua vida, e olha como deu certo, né?

— Eu agora sou feliz.

— Agora na velhice!

— Sou feliz porque tomei uma decisão e me agarrei a ela.

— A de nos deixar, você quer dizer? — Pareceu uma recriminação, eu sei.

— Deixar vocês em quê? Vocês já eram duas maiores de idade e nem moravam na cidade! Aguentei anos demais! E, sim, quando era jovenzinha também tomei uma decisão, que foi levar em frente a sua gestação e a família que eu formei com o pai de vocês. E me mantive no papel.

— Mas você há de concordar comigo que tomou uma péssima decisão e que nunca foi feliz no casamento, que isso se notava, mamãe, tanto que você passou quase dez anos muda porque sim.

— Porque sim, não, Remei, não foi porque sim.

— Foi por que então?

Nesse momento a Marga sai do banheiro. Sempre oportuna como só ela.

— Do que vocês estavam falando? Que barulheira! Quase não ouvia a música que tinha posto.

— De nada. Vou dar banho no Teo, que o jantar já está quase pronto. Põe a mesa, pelo menos — lhe digo, irritada não sei exatamente com o quê.

MARGA

Minha mãe não tem televisão. Diz que já ouviu desgraça suficiente nesta vida, e que agora que viver tranquila. O que tem é um rádio sintonizado na emissora local. Ligo esse rádio porque eu, ao contrário delas, me incomodo com o silêncio. Toca uma música que faz minha mãe reagir imediatamente. E começa a cantá-la, porque minha mãe, além de ser naturalmente bonita, também canta bem:

Non dormo, ho gli occhi aperti per te
Guardo fuori e guardo intorno
Com'è gonfia la strada di polvere e vento nel viale del ritorno

— O que significa? — Perguntar não ofende. Minha mãe adora se sentir mais inteligente que nós e, portanto, sempre que pode me dar uma aulinha de qualquer matéria (algo frequente, aliás) se nota que seus olhos brilham:

— Eu traduziria como — começa dizendo, como que minimizando sua importância, mas adota aquela postura um pouco elevada como de recitar e, além do mais, faz um tonzinho meio que cantando, sabe? Dá um pouco de raiva, sei lá, faz aquilo tão bem que dava para dizer até que tinha ensaiado — "não durmo, tenho os olhos abertos para você. Olho para fora e olho ao redor. Como é cheia de poeira e vento a estrada no caminho de volta para casa".

E, em meio a esse momento poético em que minha mãe canta uma canção de amor na intimidade da penumbra de uma cozinha na Toscana, a Remei e o Teo aparecem querendo se sentar a uma mesa que, pensando agora, ainda não pus. A verdade é que estou meio sem fome, porque antes belisquei umas coisinhas na casa da Roberta (aliás, adorei essa mulher), mas vejo que tem um embutido e pão com tomate, então alguma coisa eu vou comer.

Sorte que o menino herdou o carisma do pai e puxa papo à mesa. Parece que ficou amigo dos netos da Roberta. Se forem como ela, não me estranha. Que gente mais agradável! Não sei por que não pude nascer numa família assim. Meu pai. Meu pai era assim, agradável, coitado, e olha como terminou. Num dado momento do jantar, não me seguro:

— Que coisa que ele tenha casado, não consigo crer. — E minha mãe, numa inesperada reviravolta, me diz:

— Que chatinha você com isso do Jaume! Quer ligar para ele? Pega o telefone e tira a dúvida. Pega e diz pra ele: porque você se casou, hein? Vejamos, por que você se casou? — E apanha o celular, o desbloqueia e me entrega. Não sei por que, sinto como se tivessem me entregado o Santo Graal. Estou nervosa como quando tinha catorze anos. E quando tinha vinte e cinco. Acho que elas notam, e isso me dá vergonha. Tenho poucos segundos para pensar, porque se pensar demais não faço. Então aperto o botão verde de chamar. Do outro lado sai a voz de um homem, que é o Jaume, claro.

— Opa! Erne?

— Não.... — digo com uma espantosa voz de menina pequena. É a Marga! A Margarita — me corrijo, receio que não me reconheça se não for pelo nome inteiro.

Fico de pé e começo a caminhar enquanto falo, o que nunca consigo evitar quando estou concentrada ao telefone, e também para me afastar um pouco delas e dos seus olhares irônicos.

— Margarita! Como vai? Ai, não me diga que você está me ligando porque aconteceu alguma coisa!

— Não, não! Não precisa se assustar! Não aconteceu nada. Só que estou com a minha irmã de visita, passando uns dias com a minha mãe aqui na Toscana, e ela me falou de você, me disse que vocês estavam em contato e me deu vontade de te dar um oi, depois de tantos anos. Queria saber como você estava e tal. — disse eu, toda murcha.

— Que bom, sempre pergunto de você à sua mãe e me disse que você deu para ser aventureira.

Aventureira?

— Sim, um pouco. — Como assim um pouco? Que anta que eu sou! — E você, como está? Quanto tempo!

— Sim, vê se aparece um dia na cidade e a gente se vê.

— Você está morando na cidade?

— Sim... meio a meio. Quando minha mãe morreu voltei para começar a reformar a casa dos meus pais. Talvez bote o andar de baixo para alugar para alguma empresa, porque isso está fazendo falta aqui neste lugar, que comparado com Tortosa não tem nada aqui!

— Olha só, o cara da capital! O que você virou! Escuta, sinto muitíssimo por não ter ido no enterro da sua mãe, ninguém me avisou.

— Não se preocupe, ela não vai se importar! Fico muito contente de falar com você.

— Eu também. — Conversa de surdos. — Ahnnn, me disseram que você casou.

— Sim, senhora! E tenho uma enteada! As voltas que a vida dá!

— Já deve ser grandinha.

— Claaaro que sim! — Realmente a conversa não vai a lugar algum. Estou começando a me arrepender de ter ligado. O perigo de não falar com uma pessoa durante dez anos é você ter uma lembrança totalmente distante do que ela é hoje. — Mas agora elas estão em Tortosa, enquanto reformo a casa de Arnes. Elas não querem muito saber de vir morar aqui, sobretudo a menina. Mas, quer saber, tem algo que me puxa para a esta cidade. Todos estes anos sem voltar... senti muita saudade. — De repente nos conectamos. Não sei o que me dá, mas fico com uma sincera vontade de chorar. E digo a ele:

— Eu também. — E digo isso um pouco surpresa, não muito consciente, de que eu também tinha saudades da minha cidade. — Algo me puxa para aí também, Jaume.

— Então vem, ué! Onde você está morando agora?

— Em Barcelona.

— Nossa! Do jeito que é caro! Venha nem que for de visita, se não tiver onde ficar pode ficar na minha casa, você sabe que tem muitos quartos. Isso sim, você vai ter que me ajudar nos consertos!

— Tô dentro! Fica bem, Jaume. Adorei falar com você.

— Adorei também, fica bem, Margarita.

Sinto algo estranho no corpo. Levanto os olhos e as flagro afastando rapidamente o olhar da minha cena. Tenho a sensação de ter feito uma viagem sideral. Através do tempo e do espaço. Por um lado, as expectativas não estavam à altura, quero dizer que estavam muito acima: não sei se esperava um Jaume transformado para melhor, um Jaume exatamente igual ou um Jaume eufórico por me ouvir, e encontrei um Jaume normal, um Jaume de cidade pequena, que foi levando sua vida mais ou menos como pôde. Às vezes passo tantas horas tendo uma conversa imaginaria que, quando a tenho de verdade, é uma baita decepção, não pronuncio nem dez por cento da informação ensaiada. Queria lhe perguntar por que não veio se despedir de mim quando foi embora de Arnes pela primeira vez, se nunca tinha pensado em mim nesse tempo todo, se não sentiu nada quando nos encontramos no enterro da tia Mercedes, ou se para ele foi como para mim aquela noite que rimos juntos. Perguntas infantis, talvez. Sempre tive uma certa sensação de que o Jaume e eu vivíamos à margem do tempo. Por dentro tínhamos a mesma idade, ao mesmo tempo mais velhos e mais jovens do que éramos. Agora já não sei mais.

E repente quero vê-lo e tirar a dúvida. E pode ser que quando resolvermos a vida da minha irmã eu dê uma chegada na cidade um dia e lhe pergunte tudo isso. Afinal, o tempo passa e um monte de coisas ficam incógnitas se ninguém acaba dizendo. O Teo diz que não quer jantar embutido, que quer omelete, então aproveito a deixa:

— De repente vocês podiam fazer um pra mim também. — Não sei por que minha irmã se ofende com isso, mas minha mãe já está fazendo.

— Você também não vai jantar embutido? — pergunta a Remei.

— Sim, mas queria um omelete também.

— Você podia amadurecer e comer como as pessoas adultas.

— Ah, então não comer um omelete é ser mais adulta do que comer?

— Não fazer como se fosse criancinha a vida toda é ser mais adulta. — É curioso, porque não me ofendo quando sou eu quem pensa isso, mas quando é minha irmã quem diz não consigo suportar.

— Mas que diferença faz para você se eu comer omelete?

— Depois você se queixa que não emagrece. Para mim tanto faz, mas seja coerente!

— O que sabe você do que me queixo se nunca nos vemos!

— Se você fosse mais adulta teria a sua própria vida, mas sempre anda por aí feito barata tonta. — A Remei deve estar realmente alterada, porque não costuma usar esse vocabulário. O Teo acha a expressão engraçada.

— Você quer dizer uma vida própria como a sua, com um marido — e aqui fico a ponto de dizer a quem você não ama, mas o olhar fulminante da Remei me faz mudar de opinião e digo — e um filho.

Minha irmã entende perfeitamente o que não digo e enquanto esfrega tomate na última fatia de pão me diz muito séria:

— Você não faz ideia de como a minha vida é estressante. O que significa ser psiquiatra num hospital público da Catalunha e ao mesmo tempo ser mãe e ter estado sempre com o mesmo marido. Eu trocaria a minha vida pela sua agora mesmo. E a aproveitaria. Você eu não sei como faz.

E eu, assumindo o papel de menor de idade que adotei nesta noite, janto separada e brinco com o Teo até que a Remei o chama para ir dormir. E então fico no sofá sozinha com essa frase da minha irmã, que ricocheteia em mim como uma bola de fliperama por dentro da cabeça a noite toda. E ainda por cima o omelete me dá azia.

ERNE

São oito da manhã. Lá dentro ainda estão dormindo, eu estou no alpendre com um chá verde, coberta com uma manta porque hoje vai fazer sol, mas por enquanto sobe aquela umidade. A grama do jardim está molhada. Ouvem-se passarinhos e nada mais. Adoro este momento.

A palestra é amanhã. Normalmente não ficaria nervosa, porque já dei essa mesma palestra várias outras vezes, a sei de cor, gosto de proferi-la. Subo ali, vomito o meu drama, todo mundo me aplaude e eu desço um pouco mais leve. Não sei se faz algum bem a quem me escuta, mas para mim é uma terapia.

Mas agora, como amanhã minhas filhas devem estar presentes... Isso muda tudo. Estou nervosa. Não sei como vão ficar. Ou melhor, sei: vão ficar mal. Não sei se deveria contar antes para elas tudo o que vou dizer. Mas é que me custa tanto me sentar e falar com elas sobre o que acontece comigo...! É muito mais fácil subir num palco e contar para centenas de desconhecidos.

Porque, vejamos, as meninas não são exatamente luminares, mas burras também não são. Está claro que me acham esquisita, que não entendem nada do que eu fiz. E que faz muitos anos que me pedem explicações sobre aquilo que fiz de não falar durante um tempo. Dizer que eu precisava (o que aliás é verdade) não serve para elas. Que era isso ou abandoná-las. Sim, claro, porque elas, sobretudo a caçula, devem sentir que as abandonei! Não me perdoam.

— Bom dia. — É a Remei.

— Não tem mais sono?

— Não tenho dormido bem ultimamente. — Dou-lhe a razão com o olhar. Não sei se valoriza o fato de não tê-la recriminado pela falta de noção que demonstrou quando... bom, enfim, engravidou extramaritalmente, digamos. — É que não é só a decisão de ter ou não o filho, mamãe. — Tira uma caderneta e uma caneta do bolso da camisola que veste e começa a traçar uma árvore de decisões. Fico orgulhosa.

Ter o filho e continuar com o Gerard (se ele quiser, claro).
Não ter o filho e continuar com o Gerard.
Ter o filho e não continuar com o Gerard.
E ainda há outra opção:
Não ter o filho nem continuar com o Gerard.

— Vejamos, analisemos a situação: se você escolher a A, querer ter o filho e querer continuar a relação com o Gerard, contaria para ele que não é dele?

— Sim, precisaria contar. O Gerard não é tonto; e então que seja ele quem decida se quer continuar comigo. Mas, veja, são sempre duas decisões juntas, duas!

— Certo, vamos fazer de outro jeito: qual dessas quatro você descartaria primeiro? — Ela pensa um pouco.

— Acho que a B.

— A B? Descartaria primeiro a B? — Fico na dúvida se entendeu a pergunta, mas já sei que entendeu, a Remei entende tudo de primeira.

— Acho que sim, sim.

— Então você está mais próxima da C do que da B? — Volta a olhar as anotações e responde:

— Sim, talvez sim. — Nesse momento aparece a Marga. Tem claramente péssima cara, coitada.

— Bom, pelo jeito não dá para termos uma manhã de silêncio, né? Que no meio das férias vocês me acordem com barulho às oito é o cúmulo. O que tem de café da manhã? Argh! Chá! Sério, estou a ponto de ir tomar café na casa da Roberta. Imagino aquela mesa de carvalho cheia de *croissants*, sucos, três tipos de leite e embutidos com pão fresco besuntado com tomate, mesmo que ela esteja sozinha! E aqui é um tal de chá, um tal de pão de trigo sarraceno, um tal de gengibre. Dá vontade de morrer.

— De repente você poderia pegar o carro, ir até a cidade e ter a delicadeza de comprar tudo isso que você mencionou e nos preparar o café da manhã. Em meia horinha você faria tudo. Ah, esquece! Não! Você não sabe dirigir nem tem um centavo para comprar nada. — Algumas coisas podem ser ditas entre irmãs, mas não de mãe para filha. Então deixo o trabalho sujo para a Remei.

Normalmente a Marga teria ficado furiosa, mas começamos o dia com força, porque se põe a chorar. Ah, pronto. Na nossa família, só ela faz isso. Nem sua irmã nem eu nunca reagimos assim. O pai dela às vezes também chorava, mas menos, só o que faltava, sendo um homem como era. Eu passava muita vergonha quando o via chorar. Ela me lembra muito ele.

— Merda, é que é verdade... É que... Sei lá, sou um fracasso. Não sei o que fiz desta vida! E não tenho vinte anos! E a merda é que só tenho vocês, e às vezes sinto que vocês me odeiam.

Imediatamente faço que não com a cara, com o olhar, que não, filha, como que vamos te odiar! A gente te ama muito. Tudo isso digo sem palavras, porque ela já me entende.

— Não te odiamos, Marga, cada coisa que você fala. Só queremos que sua vida vá bem — diz a Remei, agora em voz alta.

— Pois vocês nunca me abraçam. — Então a Remei e eu nos olhamos desconcertadas. Faço um sinal para ela como que dizendo vai você. E vejo que a Remei, forçada, a abraça. A Marga se acalma e se oferece para preparar chá para todas. Às vezes, me dá a impressão de que ela é como um bebê de trinta e cinco anos.

Aproveito para falar com elas sobre amanhã.

— Não sei se deveria contar para vocês de antemão o que vou dizer na palestra.

— Mas não é uma palestra que você já deu mil vezes? — pergunta a Remei.

— Por quê? Qual é, mamãe, você já está nos assustando com esse assunto — diz a Marga.

— É que diz respeito a vocês também.

— A nós? — pergunta a Marga. — Quer dizer que faz anos que você sai dando palestras sobre nós pela Itália?

— Digamos que sim.

— São pagas? — quer saber a Remei.

— Sim, mas não muito. Cobro cem euros por palestra.

— Caralho, eu podia me dedicar a isso. — diz a Marga. — E o que você fala da gente?

— Alguma vez você se perguntou por que te dei o nome de Remei? — Ela fica desconcertadíssima.

— Olha, se for falar, por favor fala, porque não precisa desses rodeios — me responde a Remei, visivelmente inquieta.

— Sinto que é diferente contar isso a curta distância. Pior, quero dizer.

— E não em cima de um palco, diante de um auditório cheio de desconhecidos?? — diz a Marga.

— Não. É justamente por isso, como se estivesse atuando.

— Olha, quer saber? Não precisa falar! — diz a Remei.

— Certeza?

— Não, não, logo mais a gente descobre! Tudo pelo espetáculo, né? — Às vezes não capto se estão sendo irônicas ou não. E não capto nem o porquê.

REMEI

Hoje é o dia da palestra. É o que nos diz minha mãe logo cedo. Pede-nos mais uma vez para não irmos vê-la, mas não perderíamos isso nem por todo o dinheiro do mundo. Em Siena, descobrimos que há cartazes e tudo mais pela cidade anunciando a palestra. Intitula-se "Perché star zitto, un discorso di Ernestina Calapuig Subirats".

Acomodamo-nos os quatro no Cinquecento da minha mãe, quem, assim que atravessa a porta da casa, já adota uma pose de gladiador antes de entrar na arena. Antes de entrar no carro, no entanto, tenta mais uma vez:

— Já disse que eu preferia que não viessem.

— Não pretendemos sair deste carro. — diz a Marga.

— Muito bem. Vocês quem sabem. — Soa a ameaça — Depois não quero cara feia.

Ela dirige durante uns quarenta e cinco minutos através de uma paisagem com pradarias e árvores e diferentes tonalidades de verde. No trajeto, a Marga confessa que ficou com vontade de copiar o plano da mãe e ficar morando aqui. A reação natural da minha mãe e minha é fingirmos que não a ouvimos, como se ignorando uma frase pudéssemos aliviar o seu peso.

Afinal, minha mãe estaciona e, antes de descer do carro, se vira e nos diz:

— Para o menino não ficar entediado, vocês poderiam ir dar uma volta pela cidade e a gente se encontra daqui a uma hora e meia.

— Não, mamãe, vamos entrar. Chega, tá! — lhe digo. A verdade é que nunca senti tanta curiosidade na vida. O que será que essa mulher que nos criou e educou numa espécie de autoimposta lei do silêncio tem para contar ao resto do mundo.

A palestra começa pontual e há bastante gente, talvez mais de cem pessoas. Na verdade, o auditório está lotado. Hoje decido deixar o Teo jogando no celular com fones para não escutar a avó. Diria que mais ou menos dá certo. A verdade é que tanto a Marga como eu não entendemos que a mãe encha auditórios na Itália para a ouvir. Ela diz mais ou menos assim, num italiano universal, porque é entendida pelos locais e entendida por nós, que não falamos a língua:

Meu nome é Ernestina, tenho sessenta e cinco anos. Sou médica; clínica geral. Atualmente já aposentada. Nasci em Tortosa, uma pequena cidade no sul da Catalunha. Sou filha única. Meus pais tinham dinheiro porque meus avós paternos também tinham. Meu pai também era médico. Minha mãe não trabalhava, como era normal na época; era dona de casa. Estudei Medicina, mas na verdade queria ser bailarina. Quando jovem nunca atrevi a expressar os meus desejos. A transgredir. Eu, ao contrário da maioria das garotas da minha idade, tive a oportunidade de fazer faculdade; uma faculdade, além do mais, destinada majoritariamente aos homens naquele tempo.

Conheci o balé quando era pequena porque meus pais me matricularam em aulas na única escola de dança que havia em toda a comarca e nas comarcas vizinhas. Naquela época, era sinal de distinção ter uma filha que fazia balé. Só filhas de boas famílias iam àquelas aulas. Quando eu tinha dezesseis anos, a professora chamou a mim e a minha mãe e nos disse que eu tinha chances de entrar numa escola profissional de Barcelona, para poder me dedicar e acabar sendo bailarina clássica. Uma luz se acendeu para mim! Aquela era a vida que eu queria! Queria absolutamente, mais do que qualquer coisa no mundo! Quando minha mãe contou isso em casa, à noite, enquanto jantávamos os três, meu pai disse que nem pensar. Eu disse com um fio de voz que eu queria muito aquilo, no ato mais rebelde que havia feito até então. E sabe o que me respondeu? "O que você prefere? Terminar a conversa por aqui ou levar uma bofetada e terminar a conversa por aqui?" Não dei nem um pio, pobre de mim, e a conversa terminou por ali. "Você vai ser médica e ponto." Não protestei. Assim como minha mãe não protestou, embora ela soubesse como eu queria seguir a carreira de bailarina. Como era importante para mim. Vivia para aquilo. Nunca havia expressado nenhum desejo, nem interesse nem entusiasmo por ser médica. Mas quem mandava era o meu pai, e nós duas tínhamos medo de responder. Era outra sociedade, a daquela época. E se você tinha a sorte de sua mãe ter se casado com um sujeito bom, olha, você tinha tudo, mas se o seu pai era um homem autoritário e o único que trazia dinheiro para casa, não havia muito a se fazer. A Espanha estava sob uma ditadura fascista nacional-católica, e a minha casa também.

Então aos dezoito anos me mandaram a um internato de freiras em Barcelona e me tranquei para estudar Medicina durante seis anos. Estava em Barcelona, mas bem poderia ter estado em um convento no meio do Penedès, porque não vi nem vivi nada da cidade que não fosse a faculdade e o internato. Havia normas e horários muito rígidos naquele lugar. Voltava a Tortosa na festa da cidade e no Natal. No último ano da faculdade, quando cursava o sexto ano e já fazíamos o chamado estágio rotatório, fiquei um pouco mais esperta. Praticamente nunca tinha saído para dançar na vida, que eu me lembre nunca havia me divertido. O rotatório significa que você faz estágio em diferentes especialidades médicas. Lá conheci um colega, um médico no primeiro ano de residência, e me apaixonei. Na época não sabia o que era isso, o amor! Foi como passar de ver a vida em preto e branco para vê-la em cores. Uma maravilha. Ele também se apaixonou de mim, ou isso me parecia, mas um dia no começo do verão, quando eu estava acabando o estágio no hospital dele, me disse que não poderíamos continuar a nos ver, que se casaria lá pelo dia de Nossa Senhora do Carmo, pois estava noivo de uma moça da sua cidade. Aquilo me destruiu.

Naquele verão, as amigas me convenceram a ir às festas de Valderrobres, uma cidade onde os pais de uma delas passavam férias, para me divertir, conhecer outros rapazes etcétera. Eu tinha vinte e quatro anos e a verdade é que me deixei levar. Numa noite de festa com bandas tocando, eu me embebedei pela primeira vez na vida. Então apareceu um grupo de rapazes de outra cidade que começou a conversar e a dançar com a gente, as minhas duas amigas e eu. Minha lembrança é difusa. Dois dos rapazes foram dançar com a Cinteta e a Conxita, e eu fiquei com os outros três rapazes. Como estava bêbada, devia estar simpática, não sei, porque tenho um lapso de memória daquela noite. Enjoei e comecei a passar mal, eles insistiram em me acompanhar para longe das pessoas, caso eu vomitasse. Levaram-me para o carro deles, onde acho que de fato vomitei. Não me lembro de mais nada, no dia seguinte acordei na casa onde estava com as minhas amigas, os pais da Conxita me olharam feio, mas não me disseram nada especialmente desagradável nem fizeram nenhum comentário. Eu tinha uma sensação estranha e sentia dor no corpo todo, mas atribuí isso à ressaca, que também era uma novidade até então, embora talvez pudesse ser também culpa, ou talvez temor, porque eu não tinha nem ideia de como havia voltado para casa. Ao ir ao banheiro, vi que tinha a calcinha suja, meio amassada. Notei então que minha vagina doía. Sim, doía, ardia. Também apareceram alguns roxos nos braços e nas pernas. Estava tão envergonhada que inclusive hesitei em falar com as minhas amigas. Não estava certa de querer saber o que me contariam. Mas foram elas mesmas que vieram me dizer: "E aí?! Se deu bem ontem à noite, hein!", "Que noite louca!" e coisas assim me diziam enquanto tomávamos café da manhã. Contaram que haviam me encontrado dentro do carro com um dos rapazes. "Então vocês tiveram uma transa, hein!", me disse a Conxita. E aquela explicação me pareceu razoável. Aceitável. Suficiente. Eu tinha ficado bêbada, tinha dado uns beijos num rapaz dentro de um carro, e pelo jeito isso era o que se chamava ter uma transa. E era o que faziam os jovens. Tudo bem, algum dia havia de acontecer, e eu me repetia que não tinha feito nada de errado, só tinha "tido uma transa". Só que no fundo eu sabia que alguma coisa estava errada, afinal eu era médica! Sabia que a vagina não fica dolorida por dar uns beijos em alguém! E a pessoa não pode se enganar a si própria, e o que eu sentia era tristeza, culpa, raiva e temor. Eu me sentia suja, suja como nunca antes. Como se tivesse deixado o corpo à mercê de um ou uns desconhecidos, como se tivesse fechado os olhos ao resto dos sentidos e tivesse dito boca livre, toda sua, que eu não vou lembrar de nada. E eles tivessem se servido. Quinze dias depois a minha menstruação atrasou. Ao final de um mês eu estava grávida. Sobre todo esse caso, as amigas só souberam me dizer que os garotos eram de Arnes e de Beseit e que eles mesmos tinham acompanhado a mim e a elas até em casa naquela noite, eu beirando o coma etílico. A notícia da gravidez me gelou o sangue, mais que pela gravidez em si, mas por precisar contá-la em casa.

Realmente foi um drama. Meu pai me deu uma surra enquanto me dizia que era pelo meu bem. Sinceramente, acho que esperava que eu abortasse por causa de uma bofetada. Teria me levado para abortar, tinha dinheiro e recursos. Mas a sua moral não permitia. Bater em mim, isso sim. De nada serviram as explicações de que eu não lembrava de nada, que alguém tinha se aproveitado de mim, que na verdade eu havia sido estuprada. Ele só repetia que eu tinha me embebedado feito uma vadia e que não tinham me dado uma educação refinada para que eu terminasse assim. E que o plano era encontrar o pai da criança e me casar com ele. Então no dia seguinte, ainda com a mão dele marcada no meu rosto, nos plantamos meu pai, minha mãe, a Cinteta e eu com o carro do meu pai, em meio a um silêncio abismal, primeiro em Arnes, depois em Beseit, e lá estavam os cinco da festa, no bar da praça. A Cinteta os reconheceu; eu, a duras penas. Tinha dois de cabelo castanho, dois morenos, um loiro, todos bem apanhados, com diversos graus de beleza, digamos, menos um, que era baixinho e com um leve sobrepeso; de rosto era também o mais feio de todos. Meu pai foi na direção deles me puxando pelo braço e disparou: "Quem foi o desgraçado que embuchou ela?". Ficaram pálidos. Ninguém disse nada. Eu queria morrer, mas com isso ninguém se importava. Meu pai então disse, numa das suas tradicionais sondagens, que "vamos fazer assim: podemos resolver isso aqui e agora numa conversa civilizada, ou podemos ir na polícia e prolongar isto aqui um pouco mais. Quem foi?". Ao cabo de uns cinco segundos o garoto mais feio, o baixinho, se levantou da cadeira e disse fui eu. Sinto muito. Meu pai, como a ocasião exigia, lhe desferiu a bofetada que era a sua marca registrada, e que o garoto recebeu com estoicismo. Então meu pai se virou e disse, dirigindo-se a mim: "Pelo jeito botaram olho gordo em você". Eu estava em tal estado de choque que não conseguia nem falar. "Assim que o mocinho puder vocês se casam. Nunca mais ninguém voltará a falar disso. Entenderam? Vamos lá falar com os seus pais." E assim foi como se sentenciou meu futuro. Olhei para a minha mãe com cara de horror, mas minha mãe abaixou a vista, como que querendo dizer não posso fazer nada.

Eu me tornava uma puta, e ele, um estuprador. Os dois aceitamos nossas novas condições. Naquele mesmo dia deixei de falar com meu pai e me senti cômoda, de modo que nunca mais falei com ele. Um mês mais tarde, o Amador e eu nos casávamos. Sem floreios. Quando minha filha nasceu, achei coerente chamá-la Remei. Dissemos que nasceu prematura de sete meses. O Amador passou os primeiros anos do casamento tentando se justificar: não parecia que você não sabia o que estava fazendo, de jeito nenhum eu teria feito aquilo se achasse que você não ia se lembrar. Fiquei com aquela culpa com o peso de uma laje e suportei sofridamente aquela injustiça. Passei na prova para a residência enquanto cuidava de um bebê e me despedi da ideia de voltar a Barcelona, de voltar a me encontrar com aquele colega, e da esperança de que afinal nos casaríamos.

Quando minha filha tinha cinco anos, o Amador um dia me disse que precisava confessar uma coisa. Essa coisa era que não tinha sido ele. Que não foi ele quem abusou de mim, e sim um outro garoto. Que ele tentava impedi-lo, mas enquanto isso outro amigo o segurava e lhe dizia para não ser estraga-prazeres. No começo não acreditei, até que me convenci com uma explicação que saltava à vista: "Olha, quando vocês chegaram na praça com a sua família, analisei a situação e achei que nunca teria à disposição uma mulher como você, nem uma família como a sua. Talvez aquela fosse minha única chance, e achei que, com os anos, poderia conseguir que você me amasse, já que te trataria sempre muito bem, como você merece, e que um dia, como o de hoje, eu te contaria a verdade. Não te disse antes por medo de que você fosse embora. Ainda tenho esse medo". Era verdade que de nenhuma outra maneira eu teria acabado me casando com um homem como ele. Era verdade que havia assumido minha filha e a amava como se fosse sua. Que amou a mim (ele morreu já faz vários anos), mais do que eu a ele, que nunca cheguei a amá-lo, verdade seja dita. Mas isso não o redimia. Demorei para assimilar. Como castigo, decidi me calar. Era o único protesto que havia aprendido a fazer na vida. Calar diante do meu pai, diante de uma situação incômoda, diante de uma injustiça. Radicalizei o calar. Calei-me durante nove anos e dois meses. Não é que tenha planejado, em tal dia vou me calar; foi algo que me ocorreu de repente, quando uns colegas me deram um susto (durante muitos anos tive soluço, e os colegas do hospital achavam que passaria graças a um sobressalto, mas evidentemente não), mas num desses sustos fiquei de muito mau humor, e o impulso foi de gritar, mas estava tão, mas tão acostumada a reprimir os instintos que então sufoquei aquele grito e então me veio a ideia. Como protesto, você não vai mais falar. Estar em silêncio era como estar em casa. Era a infância. Um lugar meu. Eu me sentia tão cômoda sem precisar dar explicações. A vida acontecia dentro de mim. Instalei-me naquele silêncio e lá fiquei muito à vontade. Se você não se comunica com o mundo, pertence menos a ele, toma distância. Podia continuar exercendo a medicina porque me comunicava por escrito. E esse tipo de comunicação, a escrita, me parecia menos agressiva. Tudo que envolvesse a necessidade de sair da minha boca me parecia mordaz, violento. E durante aqueles mais de nove anos tramei um plano.

Havia perdido a virgindade enquanto estava inconsciente. Minha filha nasceu fruto de um estupro. Meu pai, católico praticante, havia me obrigado a me casar com meu estuprador. Só consegui porque me fizeram acreditar (e de fato acabei acreditando) que não é que ele tivesse me estuprado, e sim que eu estava bêbada e havia provocado aquilo com uma atitude lasciva. Anos mais tarde, fico sabendo que não foi meu marido quem me violou, mas isso queria dizer que minha filha não era filha do seu pai biológico, embora isso não seja importante. Por outro lado, também queria dizer que o pai dela era um aproveitador, que por não poder arranjar uma mulher bonita e com formação universitária preferiu assumir a responsabilidade daquele ato tão vil. Mas ao mesmo tempo isso me poupava de ter me casado com meu estuprador.

Definitivamente, não me decidia entre culpá-lo ou agradecê-lo. E assim passamos toda uma vida juntos.

Eu poderia ter me separado, claro. Mas tinha pânico de desobedecer, me desviar do caminho marcado. Já tinha errado uma vez, quando me embebedei e perdi o controle. Gerei uma espécie de fobia de me comportar mal, não sei explicar, de não fazer o que se esperava de mim. E, portanto, fiz o que se esperava de mim. Havia sido criada numa disciplina militar, e este era o software que eu tinha (tenho, suponho) instalado em mim. Então, quando meu marido queria sexo, fazíamos sexo, o que para mim era uma coisa a mais do casamento, como limpar a casa ou dobrar a roupa. Nunca desfrutei do sexo, e aliás ainda hoje me parece uma coisa supervalorizada. Não entendo quem diz que o sexo move o mundo. Para mim só trouxe traumas. Bom, e duas filhas, que apesar de tudo eu soube amar. O fato é que, naqueles quase dez anos de silêncio, tramei um plano, que consistia em obedecer, cumprir, porque não fazer isso me gerava uma ansiedade insuportável, mas quando chegasse a certa idade, ou a certas condições, viveria, nem que fosse por alguns anos, a vida que eu queria viver.

Quando meu marido adoeceu cuidei dele disciplinadamente até o último dia. E foi muito bem cuidado! Sou médica, minha moral teria cuidado até o último suspiro até do meu pior inimigo. E o Amador nem sequer era o meu pior inimigo. Agora, assim que ele morreu, passei a executar meu plano, perfeitamente traçado, estudado, em segredo, até o último milímetro. Minhas filhas não entenderam que eu quisesse vender a casa de Arnes onde tinham crescido, que quisesse ir embora do país no dia seguinte à morte do pai delas. Claro, elas, sim, amavam o pai. E não haviam se sentido apontadas na cidade. Por sorte, o

Amador era de Arnes e não de Beseit, de onde eram os outros quatro da festa e onde a história realmente se arrastou por alguns anos. Para as minhas filhas, a cidade delas tem outro significado, completamente diferente do que tem para mim. Eu já havia cumprido minhas obrigações, não queria mais ficar lá, não devia mais nada àquele lugar. Deveria ter ficado por causa delas? Uma já era casada, a outra, maior de idade, estudava fora. Iria ficar para quando quisessem voltar? Eu só queria ir para bem longe, para um lugar bonito onde não me conhecessem nada, que não me lembrasse nada. Quando se considera que uma mãe já fez o suficiente pelos filhos? Nunca? Uma mulher deixa de ser mulher quando vira mãe? Deixa de ser uma pessoa com sonhos e objetivos no momento em que vira mãe? Precisa ficar dando explicações pelas coisas que faz ou merece, depois de todo o sacrifício de uma vida, para ser respeitada em vez de questionada?

Vendi a casa de Arnes e comprei uma aqui na Toscana. Redirecionei o que foi minha carreira profissional até agora, quando estou aposentada. Graças a Deus tenho boa saúde e posso dizer que conheci a felicidade nestes últimos anos aqui. Que nunca havia sentido esta liberdade, que sempre havia vivido com opressões, primeiro do pai, depois social, depois familiar, e agora, finalmente, aqui não devo explicações a ninguém. Sinto-me livre como um canário que viveu sempre engaiolado. E encorajo vocês a apanharem as chaves da sua gaiola e abrirem a porta para sair e fazer o que quiserem. Todos têm o direito de viver a vida da maneira que quiserem viver.

Recebe aplausos inflamados, tem o rosto relaxado, amável, feliz. É como se fosse outra. É uma versão melhorada de si mesma. Saímos do auditório e o mundo também mudou. Como se nós também fôssemos outras. Agora que sabemos de onde viemos, também sabemos quem somos. E não somos as mesmas, a nossa visão da vida já não pode ser a mesma. Sinto a tristeza imensa de saber que fizeram mal à minha mãe. Vejo-a como uma mocinha indefesa e inocente engolida pela maldade dos outros, dominada, tentando flutuar em meio ao mar de pragmatismo que é a sua cabeça quadriculada, buscando alguma coisa bonita entre as ruínas do seu espírito para me oferecer, e essa coisa foi o meu nome, sinônimo de solução, que para ela imagino que naquele momento da sua vida devia soar como música.

A verdade precisa ser transformadora. Ou talvez a sinceridade, porque a verdade realmente sempre existiu, outra coisa é ser conhecida. Em todo caso, poderíamos dizer que a fala da minha mãe foi um sucesso no sentido de que conseguimos ter empatia por ela. Mais ou menos. Só que não estou totalmente contente. Como estaria? A Marga também não parece. Não há rancor. Estupefação, sim, mas não raiva. Pelo menos conseguimos entendê-la um pouco. Fico me perguntando por que não nos contou isso antes. Como pôde viver tanto tempo com essa repressão dentro de si. A Marga me olha pela primeira vez como se sentisse pena de mim, suponho, agora que sabe (que eu sei, que todos sabem) que sou fruto de um estupro e que meu pai não é meu pai biológico. Embora que, olhando bem, pelo que minha mãe deixou escapar, a Marga também poderia ser considerada filha de um estupro. E me alegro de não ser filha do meu pai biológico.

— Você está um pouco pálida — me diz a Marga.

— Tenho muitas perguntas.

— Eu também.

Esperamos por ela do lado de fora. Quando sai, lhe dizemos na língua do silêncio que tudo bem, não estamos bravas. Também não chegamos a ter, nenhuma das duas, vontade de abraçá-la nem nada disso. Respira-se um ambiente estranho. Tenso. Decidimos não fazer nenhum comentário, nenhuma das três capaz de encontrar a frase adequada. Então a Marga tem a ideia de que poderíamos, por enquanto, ir tomar um aperitivo ao sol de inverno da Toscana.

Escolhemos o primeiro bar com flores e mesinhas na calçada que vemos, lá mesmo. Está friozinho, mas ao sol e de agasalho fica agradável. Algumas pessoas que a ouviram falar se aproximam e a felicitam, e ela se mostra toda envaidecida. Essa no papel de Ernestina interage como uma pessoa sociável e encantadora com todos que se aproximam. É como se não a conhecêssemos. O Teo me pede uma Fanta laranja e um saquinho de Cheetos, e decido fazer a vontade dele nisso também, numa manhã como esta.

Então vai brincar com um gatinho e umas outras crianças que estão aqui na praça. Com um canudo metálico, elas sugam um Aperol Spritz pela primeira vez na vida. Eu tomei um outro dia, sozinha, em San Gimignano. Delícia. Se bem que agora sinto um remorso terrível por ter bebido álcool e fumado. Acho que isso significa que talvez eu queira mesmo esse bebê. A Marga aqui na Itália parece um peixe dentro d'água. Usa extravagantes óculos de sol de sol vermelhos e senta-se ocupando muito espaço e dando sorvos generosos no canudo do coquetel. Mas esse fragmento da memória está a ponto de se esfumar, porque a mãe retoma os problemas pendentes:

— Remei, precisamos resolver o seu assunto. — Ela é muito dada a eufemismos.

— Sim, eu sei. Mas talvez seja mais urgente falarmos de algumas coisas que acabamos de saber.

— Ai, Remei, agora não.

— Mamãe, não fiquei brava, mas entenda que acabo de descobrir (em público!) que não sou filha do meu pai. E que nasci de um estupro. Essa gente que veio à palestra me olha com cara de pena.

— Agora não tenho vontade de falar disso, filha. Tenho que me desconectar da palestra e não posso me estressar mais, preciso fazer uma descompressão mental por um momento — E como conclusão dá um golinho no canudo do Aperol Spritz.

— Já o assunto dos problemas da minha irmã deve te relaxar. — A Marga agora sai em minha defesa.

— O que você pensou em fazer então, Remei? — diz minha mãe, decidindo ignorar os nossos comentários. — Pensa que se você tivesse tomado uma pílula abortiva quando chegou agora isso já seria passado e um problema a menos.

— Mamãe! — responde a Marga logo de cara, embora em seguida eu note que está chorando. Sei que isso vai transtornar minha mãe. Não sei com que deveria me preocupar mais neste momento, se com o que aconteceu e acabo de saber, ou com o que acontecerá e ainda não sei como acaba. Agora se dirigindo a mim: — Você é feliz com o Gerard? Porque eu tenho a impressão de que não... — Diz isso entre soluços; as outras mesas nos olham. Tenho a garganta sufocada, o que me impede de responder. — Sei lá, é que olha a mamãe.... Não quero que você fique velha e aconteça com você como com ela, pensando que passou a vida ao lado de um homem que tanto faz como tanto fez. O papai era uma pessoa fabulosa, mas ela não o amava. Talvez você...

— A minha história não tem nada a ver com a do papai e da mamãe! — Digo isso num rompante, fiquei com raiva. Como se atreve. A minha história de amor foi uma história de amor! Que tenha ficado mais descafeinada ano após ano, fato após fato, é parte da normalidade. Como a roupa, que de tanto lavar se perde. Ou as articulações, que doem quando a pessoa envelhece. Mas tudo isso eu penso e não digo. Ergo a vista e a Marga tem os olhos vermelhos e injetados, mas uma expressão mais amável agora.

— Tenho uma ideia que poderia ir bem para todas: por que não ficamos morando aqui? — O olhar da minha mãe é fulminante, apesar da Marga achar que acertou as teclas do acorde perfeito. — Não quero dizer na sua casa, quero dizer por aqui, nesta região. Eu poderia trabalhar em qualquer floricultura, aqui tem muitas! E a Remei poderia entrar para trabalhar no sistema de saúde italiano.

— Olha, vocês duas estão muito enganadas — digo. E agora, se me dão licença, vou um momento ao banheiro. Estou um pouco passada. — Saio com a esperança de que vou me fechar no banheiro e começar a chorar sozinha para afrouxar este nó. Sento-me na privada com a tampa abaixada e espero que ele venha, mas nada. Tudo na cabeça. Tudo acontece na minha cabeça, e de lá não desce para o peito, até o choro.

MARGA

O dia seguinte amanheceu com frio e garoa. Como durmo no sofá desta encantadora casa numa pradaria da Toscana, acordo com o canto do primeiro galo. Pouco depois minha mãe sai do seu quarto. Está fabulosa, veste uma camisola salmão que não é de seda mas parece e, como agora usa o cabelo curto, grisalho e engomado, sempre se levanta penteada. Senta-se ao meu lado e pergunta como você dormiu. Por um instante noto que estou muito contente por não haver ninguém mais na sala de jantar e ter toda a atenção dela.

— Não muito bem hoje, mamãe. E você?

— Eu tomo remédio para dormir, não é mérito meu.

— É que me sinto mal.

— Por quê? — Isso não me diz com palavras, é com as sobrancelhas que pergunta.

— Não sei dizer. Por tudo. Pela Remei, por você, por mim. É que estou me sentindo muito sozinha, mas quando me queixo disso, levando em conta os problemas que vocês têm ou tiveram na vida, me sinto ridícula.

— Claro, você não tem nenhum problema sério. — Já sei que minha mãe não é a mais empática da cidade, e mesmo assim não deixa de me surpreender. Nem sei por que ainda tento. — De todo modo, esses são assuntos graves demais para conversar antes do café. — E se levanta para preparar o café da manhã, encontrando como sempre uma desculpa para não falar das coisas, e então aparece minha irmã, e o Teo ainda não.

O ritual do café da manhã com as três juntas mudou desde que me lembro quando éramos pequenas e tomávamos leite achocolatado com madalenas daquelas compridas que meu pai comprava, acho que se chamavam valencianas, enquanto víamos desenhos. Atualmente minha mãe e minha irmã andam bastante sincronizadas, o que não sei quando nem como conseguiram, se é que não se encontram às escondidas, e parecem cômodas com esta outra alimentação; não falam nada, exceto para dizer me passa o leite de cevada, me passa a rapadura e me passa o pão de trigo sarraceno (ou seja lá o que for aquela coisa que parece uma estopa na qual besuntamos a geleia de figos sem açúcar que compramos ontem). Observo que o comprimido que minha irmã toma com o café da manhã é o mesmo que a minha mãe toma.

— O que é isso que vocês tomam? Estou perdendo alguma coisa?

— Sertralina.

— É um antidepressivo, né?

— Sim — diz a Remei, assumindo o papel de médica.

— Você também toma, mamãe? — Minha mãe não responde com palavras as perguntas óbvias, mas capto o que ela quer dizer.

— Mudei faz pouco tempo — diz a Remei.

— Antes tomava fluoxetina, desde que saiu, digamos, em 91. — diz minha mãe enquanto ouço minha irmã dizer "Prozac" baixinho, sem querer incomodar, diz rápido, como uma legenda, para que fique claro para mim do que estamos falando. — Mas há alguns anos sua irmã me disse para eu experimentar este, e a verdade é que estou muito satisfeita.

— Você está me dizendo que passou metade da vida tomando Prozac? — Minha mãe dá um sorriso meio de estupefação e diz:

— O que você acha? Como queria que eu aguentasse?

— O casamento, você quer dizer?

— A vida, filha, a vida em geral.

— Você sabia? — pergunto à minha irmã.

— Bom, não nasci psiquiatra, caso tenha esquecido. — São sete e meia da manhã. — Mas faz anos que sei que ela toma, claro.

Acabo de me dar conta de que sou a única adulta da casa que não se medica. De repente me pergunto se elas veem na vida alguma coisa que eu não vejo. Ou se deixaram de ver alguma que eu ainda vejo. Se vale a pena experimentar. Cogito por um momento pedir uma receita à minha irmã. Sei que me daria sem problemas, porque já a ouvi dizer algumas vezes que, enfim, por quatro dias mal contados que passamos no planeta, melhor passá-los sem sofrer. E eu não é que me importe muito, mas tenho uma espécie de síndrome disfórica pré-menstrual (você acaba incorporando uma terminologia dessas ao léxico comum quando é parente direta de médicos). Sinto um motorzinho ligado na altura do estômago que me diz que tudo pode dar errado, seja lá o que for tudo.

— E eu poderia me medicar, Remei? — A Remei abre os olhos como um lêmure.

— Você? Por quê?

— Não sou feliz.

— Mas medicar-se não garante a felicidade.

— E então por que as pessoas se medicam?

— Por muitos motivos. Por ansiedade, por neuroses, por surtos psicóticos, por depressão...

— Acho que tenho ansiedade.

— Olha, se você se medicar a ansiedade provavelmente vai passar, ao menos você vai conviver melhor com ela, sofrerá menos, mas também não terá nenhum interesse em sexo e seguramente anorgasmia. Agora, você vai se importar menos com os problemas, o que não quer dizer que sejam solucionados.

Por essa eu não esperava. Avalio a ideia e deixo na reserva da lista de coisas em que pensar nesta noite no sofá porque me impedem de dormir.

Agora que sei que minha irmã não é filha biológica do meu pai (e sim de um estuprador, o que aliás é a única parte grave), tudo ganha um outro ar e me sinto, por que não dizer?, suja e miserável por invejá-la por sua genética melhor, por renegar a genética do meu pai (por mais que eu o amasse!). Agora que sei a verdade, temo que passarei umas quantas noites de pesadelo, o subconsciente enviando-me mensagens-bomba: por que você é tão má pessoa, por que não se interessa por nada, por que é tão simplória e por que nunca está contente com o que tem.

REMEI

À noite, acho que em busca de apoio moral, minha mãe insiste para jantarmos hoje na casa da Roberta.

— *Ciao, lindas! Come è andato il discorso?* — diz, dirigindo-se à minha mãe com um sorriso largo e franco, como se não soubesse o que seria dito na palestra. A Marga e eu nos olhamos, porque além do mais a Roberta diz isso em italiano na nossa frente, como se não fôssemos entender absolutamente nada. O pior é que minha mãe faz o mesmo.

—*Sì. È andato proprio bene. Adesso loro lo sanno e penso che tutto sta bene.*

Eu me considero uma pessoa ponderada, com uma grande margem de paciência. Gosto de passar despercebida e acho vulgar e ridículo ver alguém perder a cabeça. Mas eu diria que aqui, nesta exata cena diante dessa desconhecida, me deparo com meu limite. Engraçado, a gente pode tolerar toneladas de amargor, para acabar explodindo com uma pitada de sal:

— Olha, agora chega. Se entendemos a palestra e italiano também estamos entendendo vocês agora. — Minha mãe e a amiga histriônica se calam, surpresas. — Já deu, faz dois dias que estamos tentando falar com você e você se fazendo de louca, e agora vai e fala disso com uma mulher como se não estivéssemos na sua frente! — Mais estupefação como resposta. Sai de dentro de mim, de algum canto onde dormia a fúria acumulada durante décadas. Não consigo deixar de sentir certa excitação por me rebelar, uma adrenalina parecida com a que meus pacientes devem sentir quando perdem o controle, pois se eu pudesse me ver de fora me veria patética, mas tudo indica que a minha parte pré-frontal do cérebro decidiu que não aguenta mais.

Nesse momento, a Roberta desaparece por um minuto e volta com uma bandeja cheia de coisinhas para beliscar (intuo que minha irmã deve adorar essa mulher) e uma garrafa de vinho, não sei se para acabar de inflamar o ambiente.

— É muito louco, vim aqui para clarear as ideias porque estou diante de uma decisão que mudará a minha vida e vou parar num auditório onde a minha mãe conta aos quatro ventos que afinal não sou filha do meu pai e sim de um estupro.

— Mas pensa que por causa disso você é mais bonita — Olho para a Marga, e ela está sorridente. Por um momento duvido se tem consciência de ter dito isso em voz alta. Sim, está. Faz igual meu pai. O pai dela. Não consegue suportar a tensão do ambiente e para dispersá-la tenta fazer piada, sem qualquer percepção sobre se é ou não o momento adequado ou a brincadeira adequada. E não costuma ser.

— Este foi o comentário mais mesquinho que você já faz na vida, e olha que a baliza estava alta — lhe digo, muito séria. E continuo me dirigindo à minha mãe. — Se você pensa que isso é algo que se solta, se apanha e a vida continua como se nada tivesse acontecido, você está muito enganada.

— Vejamos, o que você propõe então? — articula minha mãe finalmente.

— Vamos nos sentar! — exclama de repente a Roberta, que sem percebermos está orquestrando a discussão. Elas atendem imediatamente, e eu por inércia também, e nos sentamos ao redor da mesa da cozinha com nossos copos de vinho.

— Que você conte para mim! Diretamente para mim, que sou a principal afetada — recomeço. — Eu mereço essa explicação.

— Mas se você mesma me disse que ouviria diretamente no auditório! Mas, bom, volto a te contar agora: sinto dizer que o Amador não era o seu pai biológico. Ele me confessou isso cinco anos depois de você nascer, que não havia sido ele que tinha me engravidado naquela noite enquanto eu estava inconsciente. — Fico perplexa outra vez ao voltar a ouvir.

— Mas, mamãe, vejamos uma coisa — diz a Marga tentando... conciliar? — Quero dizer que entendemos a palestra, a história por trás... e se não fôssemos suas filhas certamente teríamos muita empatia, o que também tivemos, e lamentamos muitíssimo que você tenha passado por isso, mas me pergunto... — Então a interrompo.

— Por que diabos você tem a necessidade de gritar aos quatro ventos pelos auditórios deste país e não de contar a nós diretamente? Que tipo de pessoa faz isso? Não vê que não faz nenhum sentido ter escondido isso tooooda a santa vida e por outro lado contar em palestras, pelas quais aliás você cobra, para centenas de desconhecidos? Como você esperava que reagíssemos? Bem? Como se não fosse nada? Lá, sentadas como tontas, com cara de não acreditar!

— É que eu não pretendia contar para vocês. Nunca. Não tinha nenhuma necessidade. O que queria era exatamente isso, contar a desconhecidos, que é o que me faz me sentir bem. Desafogar, entende? Ir me desfazendo disso enquanto conto a pessoas que não estão nem aí. Como eu diria? Este meu nó se desfaz. Eu me sinto muito liberada por contar isso a desconhecidos. Quanto a vocês, bom, preferia que nunca tivessem precisado ouvir, francamente; eu recomendei a vocês que não fossem, mas também não podia impedi-las. Vocês já são grandes, precisam tomar suas próprias decisões. — Minha irmã e eu nos olhamos e com a língua do silêncio nos dizemos alguma coisa assim como ela está meio doida.

— Realmente você pensava em morrer, em morrermos sem saber esta história, a verdade, poxa vida? — diz a Marga. — E outra coisa: sabia que existe internet? Que era questão de tempo até que acabássemos recebendo um link do YouTube para uma palestra sua? — Fica pensativa como se isso da internet a tivesse apanhado de surpresa.

— Por quê? Para criar uma dor de cabeça para vocês? Já não há mais nada a se fazer, filha. Já não se pode mudar nada do passado. Tome isso como quiser. É o que é.

— Como é possível ser tão medíocre? Como ele pôde ter preferido ficar com a pecha de estuprador só para poder se casar? Que maluco se autoincrimina sendo inocente? — Isso digo eu.

— E sem tortura, importante! — Bem observado por parte da minha irmã.

— É possível que fosse o ser mais lamentável do planeta? Que falta de ambição é esta? — pergunto.

— Eu que o diga — responde minha mãe. — De todo modo, não há nada de errado em que o Amador não fosse seu pai biológico, isso não tem nenhuma importância, foi seu pai do mesmo jeito, te amou porque para ele você era dele, tem o sobrenome dele desde o primeiro dia, ele ficou muito contente quando você estava para nascer, mais do que eu; quero dizer que foi seu pai, o único que você teve, sobre isso nada a recriminá-lo, né? — diz minha mãe.

— O que há de errado na falta de ambição? — As três nos viramos para minha irmã, que ficou matutando sobre a minha frase, mas não lhe dizemos nada porque, enfim... — Quero dizer que não acho ser ambicioso necessariamente uma virtude. — Ignoramos o que ela diz e continuamos:

— Mas e o que você me diz de eu ser fruto de um estupro? Como você pôde me amar? E a ele? — insisto.

— Ele eu nunca cheguei a amar. Considero que chegar a não odiar o seu pai foi um sucesso do nosso relacionamento, posso me dar por satisfeita. Quanto a você... Acho que os bebês têm um mecanismo de defesa, por isso são tão fofos, porque precisam ser amados. E os hormônios, isso também. Foi menos difícil do que eu pensava. Aliás, pensei em me enforcar numa árvore do mirante, para que toda a cidade me visse, mas você, pelo simples fato de existir, me tirou aquilo da cabeça. Em todo caso, sempre tive a vaga sensação de que vivi uma vida que não era a minha. Nunca escolhi nada do que foi minha vida, menos o final, quando vim para cá, isso sim. Finalmente.

— E o que fez aquilo de te engravidar? Você conhece? Voltou a vê-lo? — pergunto.

— Anos depois do Amador se confessar, a Marga já era grandinha, bom, e eu já falava, perguntei ao seu pai quem tinha feito aquilo. Não tirava aquilo da cabeça. Pensava: e se for alguém com quem eu tenho contato e não sei? Ele me deu um nome que não me disse nada. Eu disse a ele que se visse o sujeito na rua não o reconheceria. Seu pai me disse que ele morava em Valderrobres, que era casado, não sabia se tinha filhos, achava que trabalhava num escritório de contabilidade. "E como você sabe tudo isso? São amigos ou o quê?", eu disse, sabe?, e ele me disse que não, que depois "daquilo" nunca mais tinham voltado a se falar, mas que tinham conhecidos em comum, e numa cidade pequena todos acabam sabendo de tudo. Um dia lhe disse: vamos dar uma volta em Valde, quem sabe a gente não o vê. O Amador travou. Não sabia o que me dizer, precisei convencê-lo. Certamente está no bar, tem fama, me disse, era sexta à tarde, fomos ao bar de sempre e lá estava ele, numa mesa, jogando cartas e fumando um charuto, vestido com calça de veludo cotelê e camisa xadrez, meia dúzia de cabelos mal contados na cabeça, e cara de pouca saúde e poucos amigos. Rapaz! Quando nos viu no balcão, o sangue dele gelou! Ficou paralisado nos olhando como se tivesse visto o demônio. Agora, o Amador estava igualmente assustado. Eu, por outro lado, me senti bem naquele momento, olhei para ele como quem diz "eu sei de tudo". Lembro que pedimos um café pingado e um licor de uva no balcão. E que para acompanhar o licor nos trouxeram uns biscoitos feitos de banha que estavam excelentes. Foi estranho, eu me..., não sei como dizer..., me alegrei de ter me casado com o Amador. Aquele homem tinha cara de homem mau, e não há nada pior do que conviver com um homem ruim.

— E os avós, os do papai, como receberam que vocês precisassem se casar? Que seu filho tivesse..., sabe, teoricamente violentado uma moça — pergunta a Marga.

— Ah, minha filha, as coisas não eram assim. Isso não se dizia. Naquele dia em que fui com meus pais e a Cinteta a Beseit, meu pai o que não queria era sair batendo de porta em porta, como se dizia. Daquela rodinha de garotos sairia um pai e ponto. Tanto fazia que não fosse o pai verdadeiro. Em seguida fomos à casa dos pais do Amador, ele ainda com a bochecha escaldada pela bofetada que meu pai lhe havia dado. Isso também era normal. E quando nos mandaram entrar, imagine o quadro: meu pai, minha mãe, a Cinteta e eu na sala daquela gente, José e Estela, que em paz descansem, e o Amador. "O sem-vergonha do seu filho engravidou minha filha, temos de fazer alguma coisa". A mãe dele começa a chorar na hora. O pai dele, coitado, que já era idoso, lhe pergunta: "É verdade, Amador?", e ele assentiu com a cabeça e disse sinto muito, pai. O pai dele morreu pouco depois da Remei nascer, bem contente de ter uma netinha, e mãe dele também nunca soube a verdade. Melhor.

— Mas por que você não disse que não havia sido consentido? Que você tinha sido estuprada? — pergunto.

— Isso eu tinha dito no dia anterior em casa e não tinha servido de nada. Isso não existia e ponto. Antes, isso era visto como engravidar uma menina, não como estupro. Se era estuprada é porque tinha procurado, por assanhamento, que era o que eu tinha feito. Não tinha nada a dizer, e fim de papo. Menos mal que só precisamos bater numa porta. Meu pai não conhecia desonra maior.

Ficamos uns segundos caladas, tentando mastigar e engolir tudo isso que minha mãe conta a esta altura da vida.

— Por que você nunca nos falou disso tudo, mamãe? — insisto, esperando desta vez uma resposta com sentido.

— Era complicado.

— E a mim, por que me tiveram? — interrompe a Marga. Boa pergunta.

— Porque fiquei grávida. — Curta e grossa. O beabá da reprodução animal.

— Mas, vejamos, você poderia ter abortado. Você me queria ter? Além do mais, e desculpa a indiscrição, mas você queria ir pra cama com ele? Você me entendeu.

Então minha mãe deixa escapar uma gargalhada. A Roberta continua enchendo copos de Chianti. Eu passo.

— Não! Não! Como assim! Eu não queria encostar no seu pai nem com uma vara, coitada de mim, e muito menos ter outro filho.

— E então? O que te obrigava? — pergunta minha irmã.

— Eu era uma mulher casada.

— E antiga, suponho. — A Marga não se contém.

— Escuta, do contrário você não existiria! — De repente me vejo defendendo o não aborto da minha mãe.

— Claro, para mim foi ótimo que você não tenha me abortado, mas não entendo como, sendo médica... — Então minha mãe a interrompe num tom um pouco violento:

— O que que tem ser médica?

— Que você tinha conhecimentos.

— Conhecimentos e traumas, filha! O que pesa mais?

— Mas se você não me queria ter, e fazia sexo com o meu pai sem vontade e por obrigação, não sei qual é a diferença entre isso e sofrer estupros continuados durante a vida inteira. Como você conseguiu me amar assim?

— Fazia parte do casamento; e da penitência. — Merda, agora a Marga volta a chorar ao ouvir isso da penitência. Às vezes ela parece criança.

— Não me interprete mal, assim que você nasceu, pronto, já te amava. Aliás, quando você nasceu passou vinte e quatro horas em observação, e foram vinte e quatro horas horríveis de agonia.

— Ah, é? Por que me levaram para lá?

— *Mhg! Mgh!* — Minha mãe começa a fazer gemidos um pouco lânguidos. — Você se queixava assim o tempo todo. Pensavam que você tinha algo de errado.

— E tinha?

— Nada. Era manhosa. — A Roberta explode de rir. Parece que achou isso engraçado.

— Mas, por que você não se separou do seu marido, Erne?! — intervém a Roberta, já sentindo-se parte implicada.

— Quer saber a verdade? Foi pela culpa. A bendita culpa da educação cristã, nacional-católica e apostólica. Tinham me educado assim. Não é que eu tivesse o casamento como algo sagrado, mas o senso de honra, não sei..., a necessidade de purgar os pecados, isso sim era uma coisa inquestionável, não só para os meus pais, mas para mim também. Não tinha como fazer outra coisa. Aliás, enquanto não considerei que havia terminado a "tarefa" — faz aspas com os dedos — não me permiti fazer a minha vida. Quando o Amador morreu, como vocês já não estavam mais em casa, foi uma coisa, não sei, física, eu senti, "já chega, pode descansar; já deu", pensei. Eu senti tão aliviada! A penitência tinha acabado! Sou livre. E fui embora.

— Isso é o mesmo que senti com o Josep Maria em menor escala! E eu só tinha catorze anos — observo que a Marga está ligando pontos. — E não sabia por que, era assim e pronto, eu tinha de assumir a minha responsabilidade, deixar te bolinarem não saía grátis. E acontece que isso nos vinha de você. O que você nos ensinou? A nos calarmos, nos martirizarmos e aguentarmos!

— Mas ela também é uma vítima! Não estão vendo? — grita a Roberta, grita constantemente, olhando minha irmã.

— Sua amiga também sabe que você se calou durante nove anos? — É a hora das recriminações, não me contenho. — Que tipo de mãe faz isso?

— O que ela disse? — pergunta a Roberta à minha mãe.

— Tive uma fase de mutismo seletivo.

— Uma fase de nove anos e dois meses. Nove anos! — replica a Marga, mostrando nove dedos das mãos. — Eu só fui a ouvir a voz dela quando já tinha sete. Eu, sete anos quando ela bláblábla. — Mostra agora sete dedos nas mãos, e depois faz com a mão o gesto italiano de falar. — Antes, nada, *niente*. — Faz-se entender por aquela árbitra improvisada que arranjamos.

— Mães também são pessoas, não se enganem — diz.

— O mutismo seletivo em adultos está associado a níveis elevados de ansiedade, seguramente também a alguma fobia ou medo, inclusive ao histrionismo. É muito raro. Eu só vi em crianças, em adultos nunca. Bom, exceto minha mãe. — Sinto a necessidade de explicar. — É muito estranho mas se encaixa, depois de saber todo o histórico da sua vida. Mas como você não nos contou antes?! Se não tivéssemos aparecido aqui por acaso, de surpresa, no fim de semana em que você tinha uma palestra, talvez nunca soubéssemos.

— Não se engane, isso não tem a ver com vocês, e sim comigo. Se nunca contei a vocês é porque queria poupá-las dessa raiva que estão sentindo agora. E conto em público porque assim me reafirmo. Eu me ouço contar e ouço as pessoas me aplaudindo, e me sinto melhor; perco um pouco da culpa, do remorso, penso que talvez tenha razão. Para mim é uma terapia, isso de contar a minha história. Eu sei que é triste, é dura e é um erro. O que você acha? Que eu não sei que tudo foi enfocado de um jeito errado; que foi encarado de um jeito errado desde o primeiro momento? Mas quem é tão corajosa, tão poderosa a ponto de fazer o contrário do que lhe ensinaram? Como eu poderia enfrentar a fera do meu pai, a inação da minha mãe, a sociedade inteira? Vivíamos numa ditadura, e as mulheres não eram nada, e éramos culpadas de tudo. E a minha família estava do lado dos que ganharam dinheiro, entende?

— Certo, então agora percebo que a sua história, a do meu pai, a dos meus avós, toda esta história que eu desconhecia me condicionou absolutamente toda a vida, e teria sido ótimo para mim sabê-la bem antes. Virei psiquiatra só para tentar entender por que minha mãe não fala. Você entende isso? Entende até que ponto é importante o que acontece na família? E agora, já grande, faz não sei quantos anos que aguento a frustração porque você me ensinou a não precisar ser feliz, porque você por sua vez tinha aprendido assim, e fez melhor, claro que fez melhor que os seus pais, mas apesar disso, aqui vamos nós passando as culpas e os traumas de geração em geração, e complicando as nossas vidas enquanto isso.

— Você nunca pensou em denunciar? — pergunta a Marga então. — Nem depois da ditadura? Ou nunca falou com as amigas sobre o que aconteceu? Elas nunca souberam a sua versão dos fatos?

— Tenho a impressão de que vocês não entenderam. O que acontece é que me convenci de que tinha sido culpa minha. Que uma senhorita não se embebedava e ia para um carro com três homens desconhecidos como uma assanhada. Passei a vida envergonhada daquilo. A Conxita e a Cinteta viviam a mesma era que eu, o que vocês estão pensando? Eu acho que no fundo sabiam o que tinha acontecido realmente, mas era uma desonra, uma vergonha tão grande que não queriam nem pronunciar o fato. Quanto menos se falasse, menos tinha acontecido. Por isso nunca falamos do assunto.

— E seus pais? Você nunca quis que os conhecêssemos? — pergunto eu agora.

— Quando você nasceu, eles vieram me ver no hospital. Deixei minha mãe entrar, mas o meu pai eu pedi à parteira que não deixasse entrar. Minha mãe chorou desconsolada. O Amador esperou fora, no corredor, nuns minutos muito tensos de silêncio com o meu pai. Minha mãe me pediu perdão, mas me disse que não podia fazer nada: "Você sabe como ele é". "E você? Você como é?" Aquilo me dava raiva; estávamos tão anuladas que nem sabia como éramos. Acho que minha mãe teria sido capaz de fazer qualquer coisa que meu pai lhe ordenasse, de tão dominada e assustada que ele a mantinha. "Mãe, não quero que essa menina cresça perto de vocês." "Se quiser, você sabe onde me encontrar, filha." Tive pena, outra que tinha uma vida que não servia para nada. Já de saída, ainda parou, virou a cabeça para mim e me disse "se ele morrer antes, você não precisa se preocupar com nada". Beijou minha testa e foi embora. — Noto que minha mãe contém uma lágrima que por nada deste mundo permitirá que caia. — Anos depois, uma conhecida de Tortosa me ligou contando que ela tinha morrido. Não quis ir ao enterro para não precisar ver meu pai. Esta é a história. Por isso não tinha contado a vocês, porque é assim de desagradável. Meu pai morreu um ano depois dela. Tristeza.

Naquele momento em que já havia escurecido, Roberta decide mudar o rumo da noite; já é hora de jantar, diz (eu achava que já estávamos jantando) e que trará quattro crostini para beliscar.

MARGA

— Quem me ajuda a fazer uma pizza? — pergunta a Roberta (adoro essa mulher, não sei se já comentei). A Remei se levanta imediatamente, deve precisar de um descanso, embora, pelo que eu conheço dela, é possível que apesar de tudo não queira perder a oportunidade de fazer uma verdadeira pizza italiana. Eu, já que as uvas e os dadinhos de queijo estão na sala de estar, por enquanto fico por aqui. Bom, na verdade quero ficar a sós com a minha mãe. Sinto-me estranhamente aliviada, como quando estoura uma espinha, que dói por um momento, mas melhora assim que o pus sai.

— Mamãe, me desculpa, não viemos aqui para te recriminar pelas coisas. Estou contente de termos falado disso tudo. — Não tenho dificuldade nenhuma em pedir perdão. Elas, sim. Elas nunca vão pegar na sua mão um dia ou te abraçar de repente para dizer me desculpa. Isso só meu pai sabia fazer, e só ensinou para mim. Ou só eu quis aprender. Era como se convivessem dois mundos numa mesma casa: o delas e o nosso, cada um com seu idioma próprio. E desde o dia em que ele morreu, é como se a minha língua materna (a que eu falava com o meu pai) tivesse se extinguido. Meu pai me contagiava com sua calma, sua falta de pressa; se passava pela horta para visitá-lo, sempre me dizia para me sentar, que ia abrir um melão para merendar, e o comíamos inteiro, e tudo bem se chegássemos tarde em casa e sem fome para jantar. Falávamos dos mexericos da cidade, dos animaizinhos que nasciam naquele pedaço, de qual variedade de fruta saía mais gostosa, coisas assim, pequenas, coisas pequenas da vida às quais ele sabia dar brilho. Passar o tempo com ele era melhor que ir a qualquer psicólogo, que fazer esporte, que ir tomar cerveja com os amigos; ele falava sem parar, tentando me ensinar coisas ou me contando o que o preocupava (sempre era alguma coisa relacionada com a horta, as pragas e/ou o clima), e para mim era como se estivesse dizendo você é perfeita e amada. E isso era tudo, isso era suficiente. Já com minha a mãe e a minha irmã, sempre senti que não estou à altura delas.

— Você tem razão, filha. Não soube agir melhor, mas acho que agora as coisas estão bem, assim como estamos agora estamos bem.

— Sim, mamãe, estamos bem — digo meio resignada. Não quis lhe recordar que a Remei tem um dilema descomunal, que eu também não estou bem, que não decido o que fazer da minha vida. Mas, olha, talvez se a gente ficar se repetindo que estamos bem acabaremos ficando, deve pensar a minha mãe. A noite transcorre como quando você se livra de um peido encruado, bastante mais relaxada. O vinho corre (e noto que a Remei não bebe, mas mesmo assim já está mais serena), e a comida, e as crianças já são amigas para a vida toda e fazem planos de se encontrar nas férias dos outros anos. A Roberta põe música, uma lista dos anos sessenta, setenta e oitenta que logo leva a tocar "Green Onions", do Booker T & the MGs, e "Voglio vederti danzare", de Franco Battiato, e ela já me parece a coadjuvante perfeita, colocada ali onde precisa estar para fazer exatamente o que tem de fazer. Fico contente de que a minha mãe tenha encontrado uma amiga tão diferente dela. É um espécime novo para a nossa família: uma mulher feliz e segura de si mesma. nunca tínhamos conhecido uma assim. Acaba colocando o sirtaki, que nos obriga a dançar enquanto nos dirige, e nós três, as mais anacrônicas do planeta, acabamos dançando e rindo e, definitivamente, vemos nesta noite fria de fevereiro algo que também nunca havíamos visto: minha mãe se divertindo. Nós três nos divertindo juntas.

É uma noite que nos cura um pouco. Uma noite da qual, intuo, vamos lembrar quando formos velhas. O Teo insiste em ficar para dormir com seus amigos novos, porque eles têm um quarto com uma tenda indígena enorme, com colchão, e o Teo pirou na ideia de dormir numa tenda. E a Roberta insiste para deixarmos, que na manhã seguinte a gente vem buscá-lo. Então vamos embora as três, caminhando os trezentos metros que separam a casa da Roberta da casa da minha mãe.

Faz frio, mas não venta nem chove, vamos as três de braços dados, numa espécie de corrente comigo no meio. Num dado momento, faço menção de começar o sirtaki, e a Remei, para grande surpresa, me segue e ri. Nunca confessará, mas eu juraria que nessa noite minha irmã acabou se divertindo. Então começo a cantarolá-lo, e minha mãe finalmente se deixa levar e dança, e somos tomadas por um ataque de riso, sem parar a dança, no meio do caminhozinho que leva até a casa, numa noite fria de lua quase cheia em que só se ouvem os nossos gritos e uma coruja aqui e ali. No final caímos no chão, mas não nos machucamos; cair uma sobre as outras é o pretexto ideal para nos abraçarmos sem parecer que nos abraçamos. E não sei em que momento aquele riso cênico se transforma em choro. De repente nos olhamos e as três estamos chorando, de uma maneira ou de outra, com lágrimas. Acho que é de alívio. A linha que separa o riso do choro muitas vezes é tênue. Como o prazer e a dor. Uma vez li não sei onde que isso acontece porque são funções instaladas em zonas vizinhas do cérebro,

Sinto que foi um ponto de inflexão, isso de hoje, que alguma coisa mudou, e que a partir de agora tudo será um pouco diferente, melhor. A última coisa em que penso antes de adormecer no sofá é uma frase que minha mãe disse. Anoto-a no celular porque não quero esquecer. Quem tem coragem de fazer o contrário do que lhe ensinaram?

Acordo no dia seguinte com uma ressaca monumental. De repente penso que não sei se teria tido a coragem de nunca mais me embebedar se tivesse passado pelo que minha mãe passou. Também nunca a vi alegrinha. Este deve ter sido o seu segundo porre. Ou, quem sabe, talvez esses jantares com a Roberta e o limoncello agora se tornaram habituais. Já eu calculo que devo ter passado uns mil dias da minha vida com ressaca. Eu diria que tê-la me faz me sentir jovem e péssima, tudo ao mesmo tempo.

Primeiro sai a minha mãe do quarto. Espero a que faz o papel de Erne, depois da noite de ontem, a noite que mudou tudo entre nós três; espero-a como um cachorrinho que espera um biscoito. Mas, para minha estupefação, quando lhe digo:

— Bom dia, pé de valsa!

Levanta uma sobrancelha.

— Ressaquinha, né?

Levanta as duas sobrancelhas, abre os olhos mais do que o habitual, e faz um ligeiro não com a cabeça, muito séria, como se não soubesse do que estou falando. Como se não tivesse sido ela que estava naquele jantar.

— Não? Como que não? Se você nunca bebe e eu, que já bebi um Tâmisa de cerveja, estou a ponto de ir pro pronto-socorro pra tomar soro!

— Soro não, mas se quiser um chá eu vou fazer.

Minha mãe põe água para ferver. Vão me desculpar, mas chá eu não aguento. Nesse momento surge a Remei. Lindíssima e esbelta como sempre, mesmo despenteada e com um pijama de flanela que minha mãe emprestou.

— Em todo caso — insisto —, ao final a gente passou à pampa ontem à noite, né? Eu me diverti muito, e acho que estávamos precisando romper essas armaduras que tínhamos, sabe? — Minha irmã me olha como que dizendo o que você está falando, sua louca, não seja brega. Minha mãe não se digna de me olhar nem de dizer nada.

De repente volto a me sentir muito sozinha nesta família. Estou segura, seguríssima, de que aquele momento ontem à noite na volta para casa, aquele chorrir, aquilo foi de verdade. Elas continuam o seu ritual perfeitamente sincronizado de preparação do café da manhã new age; eu faço um café com leite para mim e me arrasto até o sofá outra vez.

Não quis perguntar pelas passagens de volta, se já temos, ou para quando estão previstas. Na verdade, estou confiante na ideia mágica de que, se eu não lembrar, ninguém pensará nisso e ficaremos aqui para sempre. Mas tem uma coisa que não bate: nada escapa à minha irmã. Então não me surpreenderia se a qualquer momento antes de eu terminar de tomar meu café me diga anda, se não a gente perde o avião.

Mas afinal não. Elas já falaram disso. Ontem à noite, enquanto eu embalava meu porre no sofá, na intimidade resultante de dividir banheiro, segundo me comunica minha mãe enquanto espalha chia na torrada de trigo sarraceno, elas decidiram que "vocês ficarão uns dias mais. Até sábado. Compramos as passagens ontem à noite".

Para ser sincera, não sei como me sentir. De um lado, fico aliviada de saber que não vamos embora hoje. De outro, neste momento eu gritaria de raiva por terem me excluído dessa conversa e dessa decisão. Por terem conversas privadas no banheiro entre elas, e comigo não. Que continuem me tratando como uma menor de idade.

— A Remei não está preparada para encarar — decide a minha mãe.

— Não quero falar disso agora — acrescenta a Remei, naquela que viria a ser a frase mais pronunciada da nossa história doméstica. Na nossa família, parece que a gestão das emoções foi deixada para outra vida.

A manhã transcorre, ao menos para mim, com esse peso no peito que a gente sente quando tem uma decepção. Aquilo banha tudo. Não importa que faça sol na Toscana, que estejamos em férias familiares, não importa que isto seja o que eu sempre quis, que a grama seja macia e verde e o ar puro e limpo. Não importa. Eu me sinto mal pela tristeza, por esse peso do desengano.

Há alguns anos, sonhei que tinha uma noite louca com o marido da Tere. Louca e linda. Uma noite de amor. Com o companheiro da minha melhor (única) amiga. Não sei por que, mas sonhei com isso. Eu não gostava do Roger (nem desgostava, simplesmente nunca havia pensado nele dessa maneira, Deus me livre!). O sonho foi numa noite de Natal, a véspera do dia em que tradicionalmente me esperam para almoçar. Quando cheguei à casa deles em Cambrils para almoçar com eles dois e a menina do casal, na minha cabeça dançava toda uma história de amor que eu havia tido com o marido da minha amiga e que eles três desconheciam. Aquele homem e eu havíamos nos amado (amado!) na noite anterior, estávamos apaixonados, tínhamos tido o sexo mais arrebatador das nossas vidas, e agora nos sentávamos ali, à mesma mesa, como se nada tivesse acontecido. Tudo estava dentro da minha cabeça; exclusivamente na minha cabeça. Foi muito incômodo. Eu estava entre envergonhada e magoada pela indiferença dele. Para mim haviam acontecido coisas muito íntimas, muito sentidas, que para ele, evidentemente, não. Para ele (para eles), aquilo simplesmente não tinha existido, só havia acontecido comigo. Da mesma forma como na noite anterior, para mim, haviam acontecido coisas importantíssimas que mudariam nossa relação futura, e para elas não havia acontecido nada. Nada. Até alguns instantes atrás, eu estava entusiasmada com esse amolecimento delas ontem, e agora percebo que fui uma iludida por pensar que essas duas, juntas, poderiam se voltar para uma parte mais humana da existência. Simplesmente, não viveram aquilo igual a mim, mas não consigo entender. Para elas, a alegria da noite passada não teve nada de extraordinário, e lamento muito. Um lamento que não sei administrar a não ser me boicotando pelo resto do dia.

Por isso, quando propõem de buscar o Teo na casa da Roberta e passar o dia em Florença ("vale a pena, já que estamos aqui, é só uma horinha de carro"), me recuso.

— Como? Precisamos ir justamente hoje? Com a ressaca que estamos. — As duas fazem a mesmíssima careta.

— De que ressaca você está falando? Quero te recordar que não bebi — diz a Remei. Isso me enfurece. De todo modo, eu já havia decidido me boicotar, então digo que não pretendo ir. Tento fazê-las se sentirem mal dizendo que seria melhor ir amanhã, sabem, pegar leve hoje e acordar mais cedo e melhor amanhã, que hoje não estava a fim de ir passear em Florença, e que se forem hoje eu não vou. Mas pelo visto a chantagem emocional é um idioma que elas não entendem. E em questão de uma hora já estão preparadas dentro do carro, maravilhosas e prontas para recuperar o Teo. Não sabem se voltam para o jantar ou se jantam por lá.

Então fico sozinha na casa com todo o dia pela frente e um ódio absoluto de mim mesma por ter sido incapaz de largar mão da teimosia, sem nenhuma habilidade para dar uma virada no meu dia e mudar de humor. Decido destruir tudo só pela ideia absurda de que, para elas, o que aconteceu ontem à noite não foi tão importante quanto para mim. Porque me sinto incompreendida e estranhamente vazia de cumplicidade (certo, e de afeto) com as duas únicas pessoas que integram a minha mirrada família.

Como não suporto a minha tediosa companhia, mais tarde decido ir ver se a Roberta está em casa. Efetivamente está, e me recebe como se estivesse me esperando, o que evidentemente não estava.

— Estava indo assar um bolo de maçã. Quer me ajudar? — Tenho a sensação de que ela acaba de inventar aquela atividade para me distrair. Se bem que nunca se sabe, também não a conheço tão bem. Em todo caso, não sabe como a agradeço. De repente é como se alguém (ela) tivesse subido as persianas do quarto da minha vida. A perspectiva do meu dia muda. Agora começaria a sair o sol, para sermos metafóricas. Então começamos a preparar o bolo de maçã. Não levo jeito nem para lavar a fruta, mas isso já é outra história.

— Como você e a minha mãe se conheceram?

— Como? Muito fácil, eu a vi passar com o carro transbordando de cheio, vi que parava na que agora é a casa dela e fui imediatamente tocar a campainha e me apresentar. — Isso me faz rir, levando-se em conta que minha mãe é uma antissocial.

— Muito agressivo isso para ela, né? Não atirou pedras em você?

— Nããão! Que é isso! Agradeceu demais. Ajudei ela a botar ordem em tudo que trouxe e a ajeitar um pouco a casa. Digamos que ficamos amigas no momento em que nos vimos. É fantástico que sua mãe esteja morando aqui tão perto de mim. Nos encontramos! Somos muito amigas. Gostamos muito uma da outra.

Fico me perguntando qual Erne a Roberta conhece. Como são as mães quando não estamos olhando?

— O que você estudou, Roberta? — digo, como quem faz a típica pergunta para puxar assunto.

— *Io? Niente!*

— Olha, *come io!* — solto. Isso a faz gargalhar.

— Não... lá em casa, na minha família, tínhamos um restaurante. Na verdade, era uma osteria que acabou virando restaurante. Passei a vida lá. Depois o administrei, durante um tempo, com o meu primeiro marido. — Então faz um silêncio e uma cara de quem diz enfim. — Acho que com dez anos já sabia cozinhar qualquer coisa. Gostava de ficar na cozinha. Gostava de cozinhar para as pessoas.

— O que aconteceu com o primeiro marido?

— Era um boa-vida. Um rapaz aqui da cidade que o único mérito na vida era ter herdado uns olhos azuis lindos. Às vezes vinha trabalhar, às vezes não. A gente nunca sabia. Acho que consciente de que não o botaria para fora. Além do mais, fazia uma coisa que me chateava muito: depois de casados, era encantador com todo mundo, menos comigo. Era como se tivesse todos os maus modos reservados para mim. Tivemos o meu primeiro filho, o Angelo. Igual ele. Se não colocássemos o mesmo nome que o dele, ficaria furioso. Dizia que os filhos têm que se chamar igual os pais, e as filhas como as mães, babaca. Prefiro pensar que não o desobedeci, simplesmente cedi para não ouvi-lo insistir mais. Acontecer, acontecer mesmo, não aconteceu nada. Uma noite, depois de termos servido todos os jantares, estávamos na rua, do lado de fora do restaurante, fumando um cigarro. Passou uma moça, jovem e bonita, bom, como todas as meninas jovens. E ele, consciente de que era bonito, fez o que sempre fazia: piscou um olho para ela. Ela lhe devolveu um sorriso. Pronto. Foi assim. Sempre fazia isso. Não foi novidade para mim. Aliás, não me surpreendeu em nada. Mas, de repente, veio um pensamento: já deu. Foi uma coisa assim como sentir cheiro de ovo podre, pensei não quero isso. E disse a ele: Angelo, hoje você não dorme mais em casa. Já chega. E ele achou que eu estava brincando! Pensei: não, não quero me sentir assim, que toda mulher que passe pela rua desperte mais o interesse do meu homem do que eu. Para isso, prefiro não ter homem nenhum! Assim não me sentirei feia e gorda! — De repente, a Roberta e eu nos conectamos. Uma vez levantada a janela, agora eu estava tirando o pó das prateleiras da minha vida.

— Mas se de feia você não tem nada! — me apresso em dizer.

— Eu sei! Feia, eu? Quer um café? — E que café bom ela me faz. Agora mesmo, queria abraçá-la, afundar a cabeça entre os seus peitos imensos, como fez a Remei, e ficar morando no conforto da sua pessoa. — Depois veio o Marco. Era vendedor de vinhos. Vinha ao restaurante uma vez por semana, era um homem bom e agradável. Separado, como eu; ele, com filhos adolescentes. O meu ainda era pequeno, tinha cinco anos quando o Angelo e eu nos separamos. Aliás, nunca me pagou pensão pela criança, mas esse já e outro assunto.

— E como foi que vocês se casaram? Se apaixonaram perdidamente ou foi mais uma relação de segundo casamento?

— O que você quer dizer com isso?

— Quero dizer que muitos separados não aspiram a voltar a se casar apaixonados, apenas encontrar alguém que lhe faça companhia e pronto... Não é?

— Quantas vezes você se casou?

— Eu? Nenhuma!

— E então, de onde você tirou isso? — Em lugar de dizer que imaginei, suponho que na verdade nunca me apaixonei tanto por alguém a ponto de não ter nenhuma dúvida sobre me casar, imagina fazer isso duas vezes, me limito a erguer os ombros e a olhá-la como se eu não fosse uma pessoa de trinta e cinco anos. — Não, o Marco e eu estávamos muitíssimo apaixonados. Eu pensava: que fiquei fazendo a juventude inteira com um cara que me fazia me sentir tão mal? Sendo que o amor era isso, era outra coisa! Eu sempre tinha vontade de beijar o Marco, de tocá-lo, sempre! A gente se casou um ano depois dele se declarar para mim, ele veio morar aqui, por causa do restaurante. Como era representante comercial, saía de manhã para rodar quilômetros, mas sempre me dizia: "A la notte, io dormo qui con la mia principessa, sempre, per sempre!" Fomos felizes. Éramos.

— E o que aconteceu? Ai, não! Não me diga que...

— Não, não, ele continua vivo. O fato é que eu quis ter outro filho. Ele não tinha vontade porque já tinha dois, e já eram grandes, bom, na verdade ele era mais velho do que eu, doze anos mais. Ele não tinha vontade mas insisti, e ele aceitou. E quando a Chiara nasceu, se notava que não tinha tanta vontade como eu, mas parecia bastante entusiasmado. Envolvido. Trabalhava muito também, é verdade. Em todo caso, aconteceu uma coisa. Podia ser uma coisa sem importância para outra pessoa, um fato que poderia ter passado despercebido, mas às vezes ocorre um simples fato pontual, um pontinho negro na história de uma relação, e um dos dois não consegue tirar aquilo da cabeça. E não supera. Acho que comigo aconteceu isso. Era uma sexta-feira, a menina tinha um aninho e estava doente. Levamos ela para o hospital, fizeram exames e nos disseram que ficaria em observação a noite toda. Podíamos ficar os dois, mas ele decidiu ir jantar em Siena com uma das suas filhas, a mais velha, "aproveitando que temos a noite livre", depois iria dormir em casa e passaria para nos buscar pela manhã. Acho que imaginou que dormiríamos e no dia seguinte a menina teria alta e pronto. E aconteceu exatamente isso, a menina foi diagnosticada com um vírus tratável, e no dia seguinte, antes que ele chegasse, lhe deram alta e esperamos por ele na escadaria do hospital. Desculpou-se dizendo que o jantar tinha ido até tarde e ele não conseguiu acordar, poxa vida. Com certeza, se naquela noite tivesse ficado no hospital com a gente, ou seja, se nos tivesse priorizado, ainda estaríamos juntos. Mas ele pronunciou aquela frase tão infeliz ("temos a noite livre") e aquilo me cravou como uma flecha. Olha, não aconteceu nada grave, ele não fez por mal, nem mesmo percebeu que eu fiquei mal por ele ter ido jantar com outra filha e dormir tranquilamente em casa enquanto eu ficava com a nossa filha doente no hospital. Mas tomou a decisão e ir jantar e pronto. Se soubesse que eu ficaria mal, certamente não teria ido, mas o fato é que, para mim, saber disso, saber como funcionava a cabeça dele, que tenha tomado aquela decisão naquela noite, aquilo deteriorou nossa relação. Não digo que eu tenha razão. Não acho que haja razões aqui. Só digo que aquilo me afetou de tal maneira que nunca mais consegui olhá-lo igual. E foi muito triste, muito, Marga — então agarra o meu antebraço e me olha nos olhos. — Ver aquilo, saber qual era o nosso "você está aqui" do mapa dele, foi algo que me perturbou. Tentei durante alguns meses ignorar. Não o deixei no dia seguinte, de jeito nenhum! Mas não consegui tirar aquilo da cabeça. Não podia deixar de achar que ele priorizou ir jantar num restaurante com a filha mais velha em vez de ficar no hospital com a nossa filha pequena doente. E ao final eu disse a ele: não estou superando. Não supero aquilo. Quero me separar — volta a fazer alguns segundos de pausa. — Mas, quer saber? Criei meus dois filhos sem necessidade de marido nenhum, os eduquei nos meus valores, e dei a volta por cima. Chega um ponto em que a felicidade você encontra em comer bem, beber bem, e nas boas amizades com conversas agradáveis de vez em quando. Agora que tenho a sua mãe como vizinha e os netinhos, não sinto falta de nada. E você? Vai, me conta agora a tua história de amor.

— Rá! Eu não tenho história nenhuma!

— Quantos anos você tem? Trinta e cinco, me disse a sua mãe? — Faço que sim com a cabeça. — E está me dizendo que em trinta e cinco anos não acumulou nenhuma história de amor?

— O único namorado sério que eu tive me deixou aos dezesseis anos. E não me atreveria a catalogar aquela relação exatamente como uma história de amor. — Ela me olha, impassível, com a face retesada e os olhos redondos como que querendo dizer não acredito, anda, conta. — Vejamos, algum rolinho eu tive, por favor, virgem eu não sou! Mas nada marcante. Todos uns doidões que não duraram quatro meses e quatro amassos. — Ela continua com a mesma cara imperturbável. Hesito um pouco, mas, cacete, essa mulher me inspira toda a confiança que minha mãe nunca me inspirou na vida, e me vejo capaz de pronunciar uma coisa que não havia me atrevido a pensar nem para mim. — Certo, se eu tivesse que falar do amor da minha vida te falaria do Jaume. Mesmo que a gente nunca tenha nem se beijado. É um homem lá da minha cidade, agora já está mais velho, com cinquenta; é esquisitinho, sofria *bullying*, mas eu sempre olhei para ele com outros olhos. Não sei por quê. Eu diria que sempre gostei dele. — Uau. Ouvi mesmo o que acabo de dizer?

— *Ma dio!* E ele sabe?!

— Não, acho que não. Parece muito inocente.

— E o que você pretende fazer?

— Quando isto tudo da minha irmã passar, acho que vou visitá-lo na nossa cidade.

— Isto o que da sua irmã?

— Quero dizer, quando decidir se quer ter o filho e deixar ou não o Gerard.

— *Ma come mai?* Sério que ela não quer a criança? Que tenha e deixe para mim que eu cuido, se ela não quiser! Os bebês são alegria! Eles são tudo! — Fico um momento embasbacada pelo que a Roberta acaba de dizer. Aquilo me parece horripilante e, ao mesmo tempo, me acendeu uma luz muito íntima. Em vez de ficar com a Roberta, fico eu com esse bebê! Se a Remei não quiser, eu quero! Percebo que pela primeira vez na vida abandono a neutralidade com que vinha enfocando o assunto e começo a me posicionar: "Remei, se você não quiser essa criança, nós queremos", penso. Inclusive eu podia ficar aqui com a Roberta e criar esse filho nós duas. É uma maluquice, né? A Remei nem sequer me responderia com palavras se eu verbalizasse isso, mas é que, sei lá, às vezes a gente precisa se agarrar a castelos no ar, é preciso fabricar sonhos, desenhar um futuro para si.

É estranho como as famílias se formam, e por quê. Eu sempre achei que me juntaria com alguém superalternativo, que não levaria uma vida convencional, que não me casaria nem teria filhos, ao passo que agora eu gostaria de ficar morando aqui e cuidando do bebê que a minha irmã não quer, com a Roberta e minha mãe no papel de avós. Que a Roberta e a minha mãe tenham ficado amigas me parece uma completa revolução. Dois caráteres que nunca antes haviam se juntado e que, a priori, eu nunca relacionaria. Só que já faz quinze anos que são amigas, o mesmo tempo que a minha mãe está morando aqui.

Quinze anos. Dá vontade de morrer. Quinze anos e nunca havia falado da sua amiga. Em quinze anos nos vimos quatro vezes. Se me dissessem que eu só verei as pessoas que eu amo mais quatro vezes na vida até eu morrer, por simples desleixo, eu ficaria de queixo caído. Quinze anos sem pai. Sinto uma espécie de urgência para fazer não sei o quê que não sei como canalizar. Enfim, abro uma cerveja na casa da Roberta para matar o tempo até que passem para me buscar.

Passamos o dia fazendo comida, comendo e conversando. Se agora me levassem a uma palestra onde minha mãe anunciasse diante de uma plateia fornida que na verdade sou filha da Roberta, eu acreditaria. A gente se parece. Passa na minha cabeça a ideia de que meu pai teria sido mais feliz com uma mulher como a Roberta. Se bem que com certeza a Roberta o teria largado por uma das mil razões que ele teria dado.

Quando chegam no carro da minha mãe, a Roberta já decidiu:

— Hoje a Marga fica para dormir aqui, que já faz muitas noites que está dormindo no sofá e não descansar bem está afetando o estado mental dela. Aliás, sabiam que a Marga e um tal de Jaume de cinquenta anos passaram a vida toda secretamente apaixonados? — Nesse ponto o gole de cerveja me sai pelo nariz. Elas nem falam nada, como se alguém tivesse dito que a Terra é redonda.

O fato é que, contra todos os prognósticos, minha mãe não reclama. Acho que para ela tanto faz se durmo com elas, porque não sou como a Remei para ela. Quando ficamos a sós, a Roberta me diz que no dia seguinte eu volto para a casa da minha mãe, que depois de dormir as coisas parecem diferentes, e que o desgosto será outro, *più piccolo*, diz

Agradeço, pois ela tem razão, e além do mais serve um enorme bufê de café da manhã. A casa da Roberta é enorme, luminosa e tem um jardim muito bem cuidado, com uma roseira linda que dá rosas brancas ao lado de outra, igualmente extraordinária, que dá rosas vermelhas. "As plantas são um indicador da própria saúde. Se deixo de cuidá-las, é porque alguma coisa está acontecendo comigo", diz ela. Elogio as plantas e digo que as adoro e entendo um pouco sobre elas, depois de tantos anos me dedicando a isso, mas que em casa só tenho uma meio murcha. Finalmente durmo em uma cama num quarto só para mim e passo muito tempo debaixo do chuveiro, porque na casa da Roberta a água quente não acaba. A Roberta é uma daquelas pessoas que tomam decisões por você. Deve ter gente que se incomode com isso ou não permita, mas eu agradeço que digam o melhor para você é isso, ou diretamente escolha a opção B, confie em mim. Dessa maneira, acho que só preciso decidir em quem confiar.

REMEI

Passamos para buscar Marga na casa da Roberta, mas ela decidiu que quer ficar para dormir, como se tivesse doze anos. Enfim. Era para sermos nós contando o que fizemos hoje em Florença, o que vimos, como passamos..., mas é a Roberta quem domina todo o espaço e o tempo nestes sofás (esplêndidos, diga-se de passagem) onde nos encontramos antes de voltar para casa. Talvez por isso minha mãe goste tanto dela: não precisa falar, a Roberta já fala por ela. Reconheço suas boas intenções, mas essa mulher cansa. Interpreto que não tolera os silêncios, nem mesmo os que fazemos em casa, sem ser na frente dela. Não suporta ouvir todo aquele silêncio retumbante que vem da casa vizinha.

— E então, Remei, a Marga me disse que você ainda não sabe se quer o bebê! — Mas o que significa a falta de vergonha dessa mulher? Não sei se é uma coisa cultural ou o quê, mas perguntas tão diretas assim me deixam tensa. Antes que eu consiga encontrar a educação suficiente para lhe responder alguma coisa, me vem com outra ainda pior: — Se você não quiser, deixa ele aqui comigo! — E ri, com aquela bocona enorme bem aberta, como se não tivesse dito nenhum disparate.

— Quero sim. Vou ter. E vou ficar com ele. — Vejo que os olhos da minha mãe saltam das órbitas quando ela me olha. Percebo que acabo de soltar uma notícia exclusiva. Não tinha dado nenhuma pista e agora me pergunto se fui vítima da psicologia reversa. Que raiva que me deu a Roberta querendo ficar com o meu bebê. — É meu. Eu quero ele. — Repito em voz alta, suponho que para me afirmar. A Marga me sorri, parece um sorriso sincero, bom, na verdade a Marga é sincera e transparente como as pessoas que não têm malícia, e se aproxima e me abraça. Meu instinto é de enrijecer, mas no fundo a agradeço. Devolvo o abraço. Ela tem um cheiro doce, como de forno e canela.

Quando o Teo nasceu e eu estava em pleno pós-parto, tanto pensava que queria ter outro filho assim que pudesse como também que nunca mais pensava em ter outro. Eram pensamentos que se intercalavam. De um lado, me dava pena que o Teo crescesse tão rápido e pensar que não voltaria a ter um bebê nos meus braços. De outro, repentinamente tinha claríssimo que eu não queria voltar a transitar por aquele túnel solitário. Mas, à medida que o Teo foi ficando maior, fui esquecendo de ambos os sentimentos: nem a ânsia de voltar a ter um bebê nem o terror de voltar a passar por um pós-parto. Seja como for, começamos a tentar um segundo filho quando o Teo tinha três anos. E não chegou, e não foi um problema. Decidimos não nos enrolarmos com tratamentos de reprodução assistida, e se acontecesse, aconteceu, mas no final até esquecemos. O Gerard e eu continuávamos (continuamos, suponho) sem usar proteção, mas afinal aceitamos a ideia de que eu não podia engravidar (embora agora esteja claro que era ele quem não podia me deixar grávida), e isso me relaxou. Um dilema a menos. A natureza tinha decidido por mim. Por mim tudo bem. Com o Teo mais grandinho, a diferença de tarefas entre o Gerard e eu foi diminuindo, mas quase sempre sou eu quem leva o menino à escola e vai buscá-lo, porque peguei uma jornada reduzida, já que, fazendo as contas, saía mais barato que contatar uma babá, sou eu quem fala com as professoras, quem está no grupo de whtasapp dos pais, quem compra roupa quando fica pequena e quem sabe quando tem a próxima consulta com o pediatra. Ter outro filho representaria voltar ao ponto de partida: zero autonomia, zero vida privada, zero vida profissional, zero vida social..., olhar como a vida dos outros passa diante da janela da maternidade, incluindo a do meu marido, que transcorre jovialmente, enquanto eu, com quarenta e dois anos (aliás, terei quarenta e três quando o bebê nascer) voltarei a viver com os peitos à mostra, o assoalho pélvico triturado, o cérebro ressecado e a menopausa me esperando na esquina.

Mas o caso em questão aqui é um pouco diferente. A criança não é dele. É do João, e isso o Gerard tem de saber: pois tudo tem consequências, e agora quero levá-las até o final. Ele se acomodou, claro que queria ter "um casalzinho", que para ele não custaria nada! Pois agora custará de outro jeito: se quiser outro filho, terá de aceitar que fez tudo tão mal que acabei tendo um rolo com um médico residente brasileiro, e cada vez que olhar para a criança vai lembrar que não é assim que se fazem as coisas. E se não quiser pagar esse preço, para mim dá totalmente na mesma: vou ter o filho sozinha, mudarei de vida, não tenho medo de nada. Não pode ser pior do que estar meio morta por dentro como estou agora, com alguém ao meu lado que nem percebe isso. Não quero passar a vida como a minha mãe, cumprindo seu dever e pronto. Quando a Roberta insinuou que se eu não quiser a criança posso dar para ela, aquilo me envenenou. O que ela estava achando? Esta criança é consequência de um ponto e parágrafo, de um agora chega; de me deixar levar e errar, e de saber ver a oportunidade nesse erro. Esta gravidez é um presente, uma ocasião para uma guinada, para viver diferente, para amar como se ama uma criança, sem rancor e, sobretudo, sem esperar nada do outro.

ERNE

São nove da manhã. Toca o telefone e é a Roberta, como quase sempre que toca o telefone. Diz que sua filha já passou para buscar as crianças, o Giaccomo e a Ilaria, e ela e a Marga estão tomando o café da manhã. Ela propõe de irmos nós cinco no carro dela dar uma volta por vilarejos da Toscana. Não temos nenhum plano melhor, aliás não temos plano nenhum, e a Marga parece chateada, não sei por que desta vez. Essa menina... Vai me enlouquecer! Então virá a calhar para nós passarmos o dia com a Roberta. Além do mais, a Toscana é uma maravilha. Pradarias banhadas por um sol atenuado pela neblina da manhã, estradas entre ciprestes, vilarejos de pedra. Passam para nos buscar e no carro toca um CD que ela gravou ao seu gosto e nos explica o porquê de cada canção. Com a Roberta você nunca precisa se preocupar em ter assunto para conversar. Ainda bem. Enquanto toca uma música chamada "Sfiorivano le viole", nos conta que um tal de Rino Gaetano morreu aos trinta anos, depois de sofrer um acidente de carro e ser recusado em cinco hospitais seguidos porque não se podia encontrar lugar nenhum que tivesse um leito numa ala de traumatologia craniana.

Paramos em San Donato e tomamos um café. Então vamos até Santa Lucia tomar um aperitivo, e acabamos almoçando em Poggibonsi. Vim morar no campo mas também me imagino morando em qualquer destas casinhas de pedra e me deslocando de bicicleta de vilarejo em vilarejo. Durante o trajeto, não falo porque estou pensando. Noto em mim uma sensação estranha. Uma sensação que experimentei poucas vezes. Acho que devo estar aliviada. Agora que minhas filhas já sabem exatamente como foram as coisas, e que já não preciso me preocupar com elas descobrirem, estou meio que relaxada. Acho que tinha medo da reação que teriam, e, como não foi ruim, acabou-se. Deveria ter contado quando elas eram pequenas! Mas agora estou bem... É como se eu devesse dinheiro e tivessem me perdoado a dívida. Agora, no frigir dos ovos, não entendo como passei tantos anos vivendo uma vida que não queria. Por que não fui corajosa antes? Bom, entendo, sim; dentro da minha cabeça tudo tem um sentido, mas a vida passa voando, e já sou idosa, quase uma velha, e ninguém vai me devolver os anos de abnegação. De qualquer forma, este estado, a ausência de angústia, se aproxima da felicidade. É diferente da sertralina, uma coisa real.

À tarde paramos para tomar outro café em San Gimignano, já voltando para casa. É a Roberta quem dá um euro ao Teo para que monte no cavalinho mecânico, desses que praticamente já não se veem mais na entrada de nenhum bar, e traz o assunto uma vez mais, abertamente:

— Assim, Remei, você vai se separar? — Eita, golpe baixo e chute na barriga, penso eu. A Remei hesita, parece que sabe que precisa começar a falar, mas na verdade não sabe o que dizer. Ao final diz:

— Acho que sim..., mas não pensei muito nisso.

— Bom, é isso que você tem feito nos últimos dias, né? Pensar. É o espaço propício, longe dele, para tomar esse tipo de decisão. Eu me separei *due volte!* Caso queira algum conselho! — E ri. Só a Marga acha graça.

— Você quem sabe.

A Roberta e a Marga deixam escapar a mesma gargalhada, que nem a Remei nem eu entendemos. Acho muito razoável o que minha filha está dizendo.

— Vou dizer para ele: "Olha, Gerard, fiz uma bobagem, tive um rolo com um rapaz um dia, um estudante...".

— Ah! Como assim um estudante?! — interrompe a Marga, que, notava-se, fazia dias que morria de curiosidade de saber de quem era a criança. Para mim ela contou uma noite dessas no banheiro.

— "...tive um rolo com um rapaz um dia, um que estava fazendo estágio, e engravidei. Sinto muito. Sei que é um drama feio. O fato é que eu pretendo ter o bebê." E a partir daqui administrar a reação dele.

— O que você acha que ele vai dizer? — pergunta a Roberta.

— Não sei. Não vai achar graça nenhuma, isso com certeza. Pode reagir de muitas maneiras, primeiro ficando furioso, ou até mesmo com negação. Talvez depois reflita e decida aceitar a situação. Não sei. Em todo caso, preciso estar disposta a aceitar o que ele quiser fazer.

— *Ma, aspetta!* — diz a Roberta, pondo a mão sobre o antebraço dela. — Isso não quer dizer que se ele disser "certo, não tem problema, vamos ter esse bebê" você queria continuar com ele, é? Você está dizendo isso? — Eu não tinha pensado nisso. Achei que tinha uma decisão tomada e que isso era o único que importava, saber resolver a situação mais do que tomar a decisão mais conveniente. A Remei também parece aturdida e ao final diz:

— *Non voglio più parlarne*, falei certo? — E solta um riso falso.

Voltando para casa, a Roberta põe o volume alto demais para o meu gosto numa canção que leva o seu nome e nos conta que se chama assim por causa dessa música do Peppino di Capri, que saiu no mesmo ano em que ela nasceu, e que a mãe dela adorava. Então também conta às minhas filhas que não está aposentada, mas é como se estivesse, porque vendeu o restaurante e ganhou muito dinheiro. Agora vai lá um dia por semana cozinhar quatro paneladas e bater papo, só por diversão. Diz que com o que ganha por fora para fazer isso já tem suficiente para pagar a compra do mês. E que vive muito bem e muito satisfeita. Nunca conheci ninguém tão feliz. É inquietante.

— A vida é como uma receita. Você precisa fazer do seu jeito, menina — não a olha, mas fala dirigindo-se à Remei, que em nenhum momento pediu a opinião dela —, consertando, melhorando, voltando a experimentar, até que você tenha o melhor resultado possível — sentencia.

MARGA

Começamos a fazer as malas porque amanhã vamos embora, e tentamos convencer a mãe a comprar uma passagem e vir com a gente para ficar uns dias no meu apartamento ou num hotel. Mas não quer. Surpresa, noto que fico sinceramente triste por ela não querer. Quando está tudo pronto, minha mãe nos chama no alpendre. É a hora da cerveja, então vou até a geladeira e pergunto se querem uma, com a esperança de que não me deixem beber sozinha. Minha mãe me diz para lhe servir uma taça do vinho branco que está começado. A Remei quer água com gás e uma rodela de limão. Trago também uns amendoins com casca que minha mãe tem na cozinha. O Teo está lá dentro brincando com um jogo que a Remei comprou para ele em Florença. O sol está prestes a ser pôr, e faz um friozinho que só com um agasalho leve já fica bom. Parecemos uma família normal.

— Errei muito com vocês — diz minha mãe, para nossa surpresa.

— Desenvolva — diz a Remei.

— A gente nunca deixa de ser mãe, e parece que eu quis deixar de ser quando vi que vocês estavam encaminhadas.

— Olha, é exatamente isso! — atalho.

— Acho que você tinha os seus motivos. Bom, agora já sei que você tinha e quais eram. Não se preocupe. — A Remei sempre tão diplomática.

— Sim, mas vocês não tiveram culpa e fiz falta para vocês.

— Para mim, sim — me atrevo a dizer —, mas não só depois do papai morrer; também nos anos em que você não falou e, pensando bem, sempre. Sempre tive inveja das outras meninas com mães que falavam ou que não eram tão esquisitas.

— Eu sei. — Isso ela diz apenas na língua do silêncio. — Mas agora estou melhor. Percebi que não precisava apenas estar onde estou, tocando a minha vida, mas que também precisava contar tudo para vocês. E pedir desculpas. — Tudo isso, aí sim, ela diz em voz alta. A Remei e eu ficamos imóveis, como se estivéssemos vendo uma nova espécie animal, ou uma lei da física agir de forma diferente.

— Obrigada, mamãe. Não precisa ficar mal — diz minha irmã. Decido abraçá-la. É ossuda e rígida, a minha mãe, e me dá tapinhas nas costas como quem não sabe abraçar.

— Você tem certeza, Remei? — Agora se dirige à minha irmã, que faz que sim com a cabeça.

— Para mim tanto faz como acabe, estou preparada para qualquer resposta. Se ele quiser largar tudo, eu me separo, e se não, vamos ver como vai a coisa com a criança, está claro que muitas coisas vão ter que mudar.

— Pois eu estou apaixonada pelo Jaume. — Levam uns segundos para desfazer o estupor da cara e me sorrirem. Suponho que, afinal de contas, é o menos grave de tudo que foi dito nestas férias.

— Já sabíamos — diz a Remei com ares de irmã mais velha que sabe tudo.

Estes últimos dias em família foram meio esquisitos e a melhor coisa que me aconteceu em vários anos. Uma catarse. Enquanto estivemos juntas, nada podia nos acontecer. Foi uma sensação, mas foi suficiente. Rimos, à nossa maneira nos amamos, e agora eu gostaria que não nos separássemos mais, ou não tanto. Evidentemente que não me atrevo a expressar isso. Elas duas são duríssimas, puta merda, parecem dois postes. Mas hoje, antes de ir dormir, na língua do silêncio, acho que entendi que temos umas às outras, ainda temos umas às outras.

MARGA

Minha mãe, agora já unicamente centrada no objetivo principal da viagem (que a Remei solucione o problema, pura e simplesmente, seja como for) nos leva ao aeroporto, dá dois beijinhos em nós três e nos diz baixinho à Remei e a mim, para que o Teo não ouça: "Vocês já sabem o que precisam fazer", como se tivéssemos combinado algum plano, o que na verdade não aconteceu. E então, sem nem olhar na nossa cara, enquanto abotoa o abrigo, deixa escapar uma frase como quem não quer nada; não entendo bem o começo, mas acaba em "como se vivêssemos quatro vidas". À chegada nos recebe o Gerard, que hoje saía do plantão e pôde vir nos buscar no aeroporto. Lá está ele, à espera, sorridente, emanando toda a segurança de quem tem apartamento próprio, emprego concursado, um casamento bem-sucedido, um grupinho de amigos, um restaurante aonde ir toda sexta para comer alguma coisa etcétera, com os braços abertos disposto a receber num caloroso abraço o seu filho e a sua mulher, que está prestes a lhe dizer que carrega um bebê meio brasileiro na barriga, mas por enquanto tudo é alegria e normalidade. O Gerard também me abraça, porque ele sempre simpatizou comigo.

Ao chegar em casa, volto a me encontrar diante de um espelho, desta vez o do meu banheiro, com o rímel escorrido porque chorei um pouco ao fechar a porta do apartamento, e com o coque despenteado por ter dormido no avião; me olho e vejo bochechas flácidas, a expressão marcada, e me vejo velha e estranha, para não dizer feia. E agora sinto pena não só da Remei e do Gerard e do que está a ponto de acontecer com eles, mas também sinto pena de mim. Porque me vejo sozinha neste apartamento impessoal que também acho feio e que já faz muitos anos me custa quase todo o dinheiro que eu ganho, e que ninguém verá que estou com o rímel espalhado pela cara, que é uma imagem muito triste, e ninguém se importará com isso.

Então tocam a campainha. É a vizinha de baixo. Conheço de vista. Ela me dá uma agonia insuportável. Tem uma idade indeterminada entre os cinquenta e os sessenta e oito anos. É muito magra. Os cabelos pretos e ressecados, longos demais, precisando de máscara. É uma mulher cinza-escuro. Teve o mal gosto de subir com calça de pijama. "Pode descer um segundo para ver o desastre que as tuas goteiras causaram na minha casa?" A mulher veio se queixar. Quem dera eu fosse um pouco mais como a minha mãe, que sem dúvida ao vê-la teria voltado a fechar a porta sem dar um pio e imediatamente teria desativado a campainha e avisado a polícia. Descemos um andar, entramos na casa dela e lá entendo. O apartamento dela é muito mais lamentável que o meu. Deve fazer oitenta anos que não é reformado. Então me diz:

— Você faria fotos?

— Poxa, faz a senhora.

— Eu tenho um celular de merda. — E me mostra o aparelho. Realmente, é um celular de 1995.

Já na cama, horas mais tarde, não consigo tirar aquilo da cabeça. "Tenho um celular de merda", ela diz. Não é que a tenha um celular de merda, minha senhora, a senhora tem um apartamento de merda e tem uma vida de merda. E de repente fica claríssimo para mim: aquilo é um sinal. Aquilo é o futuro. Se é que o tempo existe, a vizinha está me mostrando sua linha. Não posso ficar aqui, envelhecendo desse jeito, sozinha, num apartamento xexelento, com uma vida insípida e sem nenhum projeto de futuro. Preciso de uma mudança. Não posso acabar como a Mari Cruz.

Custo a dormir. Sonho com o Gerard, que aparece escondido dentro de um dos armários podres da Mari Cruz, que chora e me olha com aqueles olhos de capivara e diz tudo é culpa sua e do seu pai, e nesse momento acordo suada. Então não consigo evitar pensar na Remei, em como ela deve estar se sentindo agora, se também está olhando o teto feito um lêmure, igual a mim. Volto a dormir recitando mentalmente, o que às vezes faço, sei lá, repetir um mantra para dormir, as frases "como se vivêssemos quatro vidas", "tudo é culpa sua e do seu pai", "como se vivêssemos quatro vidas", "tudo é culpa sua e do seu pai". Amanhã mesmo irei a Arnes. E pretendo dizer ao Jaume que faz muitos anos que o amo.

REMEI

Quando chegamos em casa, o Gerard está felicíssimo de termos voltado. Diz que sentiu muito a nossa falta. Dá muitos beijos no menino, em mim não tantos, porque sabe que não sou como ele, mas me dá piscadelas, buscando cumplicidade. Devolvo um sorriso falso impecável que me afasta de qualquer suspeita do que devo lhe contar.

Enquanto ele põe o Teo para dormir e eu finalmente tomo um banho na minha casa, ensaio mentalmente como vou dizer. Debaixo d'água, penso que vou ficar triste de deixar o meu apartamento, a minha cama, o meu chuveiro, se for o caso. Sinto um misto de culpa e vergonha, mas não posso me permitir isso, então tento virar a questão pelo avesso, responsabilizá-lo em parte pelo que aconteceu. Eu sei, isso não para em pé.

Não posso começar o discurso dizendo que estou grávida, claro. Logo de cara, ele não vai gostar.

— No que você está pensando tão séria? A viagem não foi bem? Sua mãe não melhorou?

— Gerard, minha mãe estava bem. Eu menti pra você. — Não me diz nada. Faz cara de desconcertado. Não faz cara nem de surpreso nem de chateado, só de desconcertado, como querendo dizer e por que você haveria de mentir para mim. — Fomos lá porque eu tinha um dilema e queria conversar com elas.

— Que dilema você tinha, amor, que não podia falar comigo? Ai, meu Deus, não me assuste que é uma coisa de saúde! Você está com alguma coisa e não sabe como me dizer!

— Não, não. Bom, em parte sim. — O Gerard espera que eu continue. — Tive um caso com outro. — Noto como ele desmonta. Nunca havia ouvido essa frase ser pronunciada. Nunca ninguém lhe tinha botado chifres. Baixa os ombros, fica triste, muito sério e diz:

— Poxa.

— Sinto muito.

— Quanto tempo faz?

— Um mês.

— E por que está contando agora?

— Porque engravidei.

Bum.

— Como é?

— Estou grávida por causa de trepada idiota que dei com um estudante, que não está mais aqui, pode ficar tranquilo.

— O que você está me dizendo, Remei.

— Sinto muito, Gerard, foi uma cagada. — Estou esperando que o Gerard em algum momento exploda, mas acaba não explodindo. Vejo que está triste, desorientado, mas nada mais.

— Repete para mim. — Repito com o mesmo tom exato que estou grávida por causa de uma trepada idiota que dei com um estudante, que não está mais aqui, pode ficar tranquilo. — Assim, você está grávida?

— Sim. De seis semanas.

— Uau. Parabéns?... Acho.

Então começa a chorar, e me sinto a pior pessoa do mundo. Não me atrevo a abraçá-lo. Nem sei se quero. Nem se ele quer. Não sei o que me dá, mas quando o vejo chorar sou tomada por uma terrível agonia, acho tão infantil. Seria capaz de ser tão dura assim. Claro que ele não se medica, e eu já não sei mais chorar.

— Por que, Remei? — diz entre soluços. — Por que você fez isso?

— Por tédio, Gerard.

Levanta a cabeça para me olhar, boquiaberto.

— Tenho um imenso tédio com o nosso casamento. E não sei há quanto tempo tenho esse tédio, mas eu diria que desde sempre. Precisava que alguma coisa me acontecesse, emoções fortes.

— Fortes mesmo, né?

— Foi uma cagada fazer sem camisinha, tenho muita consciência. Assumo a responsabilidade e te peço desculpas.

— Rá! Desculpas, é? O que você pretende fazer?

— Você não vai me perguntar quem é?

— Acho que não quero saber. É importante?

— Não.

— Eu conheço?

— Fez um estágio com a gente, sim.

— Ah, a porra do brasileiro, né? Caralho, Remei.

Calo-me e olho o chão. Não sei onde me enfiar.

— Pelo menos era bonito e inteligente. Bons genes — diz meio resignado. — O que você vai querer fazer?

— Pensei bastante, Gerard.

— Não duvido. Eu te conheço. Diz.

— Quero ter. — Faz que sim com a cabeça e o olhar perdido.

— E comigo? O que você quer fazer comigo?

— E você?

— O que se espera que eu faça? — Enxuga as lágrimas com uma mão.

— O que você quiser.

— Ah, vai deixar a decisão para mim? Não fode, Remei. Isso é tão típico seu...

Encolho os ombros e olho para o chão, e sinto que tenho sete ou oito anos neste momento. Não estou orgulhosa. Realmente não sei o que fazer com o Gerard. Gosto dele, mas estou entediada. Não me sinto importante, nem desejada, e acho que no fundo quero esse bebê para respirar um pouco novos ares.

— Posso pensar?

— Claro.

— Vou dormir no outro quarto, tudo bem?

— Tudo bem.

No dia seguinte é domingo e não preciso acordar cedo, mas às sete já estou na cozinha diante de uma xícara de leite desnatado, com vontade de tomar café e com receio de fazer isso por causa da gravidez. Passei metade da noite em branco, ruminando. Fiquei repetindo aquela frase da qual me dei conta ontem: quero ter este bebê para respirar um pouco de novos ares. Talvez o que queira seja mudar de vida, como a minha mãe, não estou percebendo? Às vezes nos vemos tão de pés e mãos atados à merda de estabilidade (um trabalho fixo, casa própria, um filho que vai à escola, que vai às atividades extracurriculares, uma penca de despesas fixas, um grupinho a quem desagradar com um divórcio, um restaurante onde sabem o meu nome), que sair desse paraíso autoimposto dá pavor. Mas eu na segunda-feira não quero voltar ao hospital e ver pacientes correndo contra o relógio, sair de lá estressada, angustiada com a possibilidade de ter receitado uma medicação contraindicada que desconheço porque com vinte minutos por consulta não tenho nem tempo de ler os prontuários antes de recebê-los, passar o resto do dia atolada, correr para não me atrasar constantemente para buscar o Teo, correr para não perder o ônibus, o metrô, o sinal verde na faixa de pedestres, me encontrar para jantar com o meu marido e que ele me conte, não muito estressado, os casos tão interessantes que viu hoje, e me pergunte o que eu faria em cada caso e como está avançando a sua tese e que enquanto falo ele olhe o celular de canto de olho. Às vezes me pergunto se habitamos o mesmo mundo, a mesma cidade, o mesmo apartamento, o mesmo casamento. E não entendo como isso pode ter acontecido comigo. Como é que sou eu quem não consegue dar conta se ambos somos pais da mesma criança e trabalhamos na mesma coisa no mesmo hospital.

Pouco antes das oito, o Gerard aparece na cozinha. Me dá um beijo na testa, me olha com ternura. Pega a minha mão e diz:

— Custei muito pra pegar no sono. Pensei muito esta noite e... quem está sabendo? Sua mãe e sua irmã? — Faço que sim com a cabeça. — Olha, andei pensando e... você acha que guardaríamos o segredo?

— Qual segredo?

— Que não é meu.

— O que você quer dizer?

— Que poderíamos ter o bebê, não dizer que não é meu, e superar esse empecilho. Você quer ter, eu queria outro filho, e você agora está grávida. Foi um escorregão, o que importa se os genes não são meus? Eu serei o pai.

— Hesito um pouco. Não esperava de jeito nenhum esta reação do Gerard. Ele realmente deve me amar muito.

— Fico comovida por você dizer isso, Gerard, mas acho que as coisas não são bem assim.

— O quê? E por quê? Como elas são?

— Não pretendo mentir para ele e que cresça achando que tem uma história de vida diferente da que tem na verdade. — Não penso fazer com ele o que fizeram comigo.

— Certo, que não é meu filho biológico ele vai precisar saber por questões médicas. Mas então podemos dizer para ele que é de um doador e pronto! Ele nunca vai saber como foi que realmente que aconteceu!

Não consigo dizer nada. Neste momento me calaria durante anos, como a minha mãe, para não ter que dar explicações. O fato é que estou a ponto de me deixar convencer, mas no fundo alguma coisa me segura, tenho a sensação de estar voltando aonde não queria ir.

Levanto a vista e vejo o Gerard sorridente, inclusive entusiasmado com a ideia de um filho que a sua mulher gerou botando-lhe chifres. É tão lamentável que qualquer outra o abraçaria.

— Vai, a gente diz para ele que é de um doador! Hoje em dia, metade das crianças é de um doador, seja de óvulo ou de esperma, as pessoas começam a tentar um filho quando já são mais velhas e não conseguem ter, isso é o mais normal que existe. Dizemos para ele que é de um doador e por isso não é biologicamente meu, e pronto. Onde está o problema? Além do mais, com certeza o meu sêmen já não funciona. Passamos anos tentando há algum tempo e não conseguimos, e agora de primeira você engravida de um rapaz de vinte e quantos? Vinte e cinco?

— Vinte e seis.

— Então pronto. É de um doador, tá?

— Mas o João não era um doador. O João me comeu no quarto da limpeza numa noite de plantão.

— Cara, como você pode ter a moral tão imperturbável para algumas coisas, porque para me enganar você não teve tantos escrúpulos! Esse moleque não volta mais pra Catalunha. Você nunca mais vai saber dele. Viveremos tranquilos e felizes, e o Teo terá um irmão. Relaxa um pouco e vive a vida, Remei, que ela é curta.

— Acho que devemos nos separar, Gerard. — O Gerard fica branco. Não acredito que tenha pronunciado isso em voz alta. — Eu também andei pensando. Não gosto da minha vida, da nossa vida. Porque não sei de qual tranquilidade você está falando; eu vivo estressadíssima.

— Ah, e se nos separarmos e você tiver esse filho, acha que vai viver mais tranquila?

— Talvez vá embora da cidade. — Isso eu acabo de decidir — E, sim, a ideia é viver longe desta vida.

— Não, afinal vocês vão acabar todas loucas como a sua mãe.

— Não mete a minha mãe no meio. Ela queria que eu abortasse e não te dissesse nada. Você devia ser grato a ela. — Só eu posso criticar a minha mãe.

MARGA

Finalmente chega o dia seguinte e me levanto decidida a atender ao que minha mãe disse no dia em que a ouvi sendo pregadora. Aquilo de abrir a porta da nossa gaiola e sair para fazer o que tivermos vontade. Preciso tomar decisões. E a primeira é ir a Arnes ainda nesta manhã. Vamos ver o que sinto. Como encontro o lugar depois de tanto tempo, depois de saber o que sei agora. E irei ver o Jaume porque, caramba, quero vê-lo, e sou o quê? Uma menininha? Não! Sou uma mulher adulta, e por isso eu posso.

O mais sensato seria pegar um ônibus que sai às dez e dez da manhã, leva quatro horas de trajeto e custa vinte e quatro euros. Mas, como não estou muito convencida disso tudo, decido dar uma olhada no BlaBlaCar, vai que alguém está indo diretamente para Arnes e eu economizo uma hora e meia de estrada e dez eurinhos. Para Arnes não, mas encontro um representante comercial que precisa ir a Saragoça, mas antes tem que passar por Calaceit e Alcanyís.

Subir no carro de um desconhecido e passar duas horas e meia ali é uma coisa que minha mãe e minha irmã não fariam sob hipótese alguma. Já eu caminho mais pelas margens da vida. Chego ao lugar onde um tal de Alfredo marcou (rua Pau Claris, esquina com Provença) carregando uma mochilinha, porque em princípio vou lá para almoçar e de tarde estou de volta, mas nunca se sabe. Afinal o Alfredo, que tem uns quarenta anos, é aragonês e vai a Saragoça e está muito alinhado com uma camisa salmão, conseguiu reunir outro passageiro para baratear ainda mais o trajeto. Baratear para ele, claro, porque para mim não reduz nem um centavo dos catorze euros combinados. O outro caronista se chama Ramón Maria, estuda na ESADE, tem perto de vinte e cinco anos e deixa claro diversas vezes que nunca usa o BlaBlaCar, sempre viaja com seu carro, "mas justo esta semana ele vai e quebra". Voluntariamente me sento no banco de trás e torço para que não achem inconveniente que eu ponha os fones de ouvido com a minha música *indie* enquanto eles falam de motores e de "minas gostosas".

Quando recobro a consciência, já estamos em Falset. Escrevo ao Jaume perguntando se ele se importa de vir me buscar de carro em Calaceit. Percebo então que estou arriscando, porque a verdade é que não tenho um plano B. Preciso que ele venha, é isso. Deveria tê-lo avisado ontem, mas estou assumindo que a vida dele deve ser tão pouco interessante que ele poderá vir me buscar. Por sorte é assim, e ele me responde imediatamente dizendo que em cinquenta minutos estará me esperando lá feito um espantalho, como me diz; isso me faz sorrir. Aproveito para soltar essa:

— Onde vamos parar em Calaceit? É que O Meu Namorado vem me buscar e preciso avisá-lo. — Saliento isso, para que fique bem claro que uma moça como eu pode ter alguém que a ame, mesmo que eu esteja inventando. Percebo agora que volto a me arriscar, porque não tenho nem puta ideia de qual é a cara do Jaume hoje em dia. (Evidentemente o procurei nas redes sociais. Evidentemente ele não as usa.)

Paramos num posto de gasolina na entrada da cidade. Pergunto ao Jaume como vou reconhecê-lo, em que carro está. Mas ele está de moto. Merda. Deve fazer vinte anos que não ando de moto, e era a scooter da Tere. Quando chegamos, há diversos carros por lá, e por sorte uma só moto, que me parece enorme e terrivelmente perigosa. Dirijo-me ao motociclista, que está de capacete, o mais lentamente que posso, para que Alfredo, o representante comercial, e seu amigo da ESADE tenham tempo de partir sem ver o reencontro. Mas aqueles urubus estão quase pedindo pipoca para esperar o final da cena. Viro o rosto no meio do caminho e dou tchau com a mão. Então ligam o motor, mas continuam sem andar. Então vou na direção do motoqueiro que está de pé, encostado na moto, e o abraço diretamente, tento fazê-lo com sentimento, para que se note que somos namorados. Tudo acontece muito rápido. O motoqueiro ainda não teve tempo de reagir quando levanto a vista, a minha cabeça apoiada sobre o seu deltoide, e vejo o Jaume sair da loja de conveniência, conversando com outra motoqueira, que leva o capacete na mão e nos olha com cara de não entender nada. Reconheço o Jaume porque afinal conheço seu rosto desde o dia em que nasci, como não iria reconhecê-lo! É ele com alguns anos a mais e pronto! Em algum momento, do qual não fui consciente, soltei o motoqueiro e de repente temos a namorada verdadeira nos dizendo:

— Bom, e aí? Entro para pagar e você abraça outra?? — E ele, rapidamente:

— Juro que nem conheço essa louca. Veio aqui e me agarrou feito um carrapato.

— Cara, qual é o seu problema — A noiva é quem diz. Eu estou vermelha como uma pimenta. Suo. Naquele instante, ouço uma buzina de carro. Tinha conseguido me esquecer dos dois anormais com quem compartilhei o trajeto. Ao me virar, os vejo partirem, morrendo de rir. Volto a olhar o Jaume, que sorri contemplando a cena e vou na direção dele. Ele me abraça, agora sim, como que querendo dizer tudo bem, você está em casa, ou isso penso eu, mas sei lá de onde tirei.

O Jaume me convida para almoçar na sua casa. A casa dele está uma bagunça porque está em obras. Ele já tinha me avisado.

— Estava fazendo caldo. Vamos fazer cozido, tudo bem?

— Superbem! Não sei quanto tempo faz que não como um cozido caseiro. — Não exagero se digo que estou um pouco emocionada e tudo mais. Já me esqueci do perrengue da viagem e do abraço no motoqueiro desconhecido.

— Gosto de fazer o cozido como a minha mãe fazia, porque acho que se eu começar a comprar caldo pronto de caixinha, desses que vendem agora, ou omeletes de batata empacotados, ou aquelas quentinhas de comida pronta, sabe o que quero dizer? — Se eu sei, pergunta ele? Faz quinze anos que me alimento dessas merdas. — As receitas que foram sobrevivendo de geração em geração comigo se perderiam, e eu teria vergonha de que isso acontecesse. — Acabo de perceber que nunca tinha visto por esse ângulo, e agora eu também estou envergonhada, porque nem um macarrão com molho de tomate fica bom quando eu faço. — Imagina uma receita que passa da minha tataravó para a minha bisavó, para a minha avó, para a minha mãe, e comigo ela acaba porque o babaca aqui não quis aprender a prepará-la. Que vergonha! Precisamos salvar as receitas, né?

— Tem toda razão. Mas, e se você não tiver filhos para quem passá-las? — Então me lembro: — Ah, agora você tem uma enteada, né?

— Ah, é, mas ela não está nem aí. Nem para cozinhar nem para me dar ouvidos, mas fazer o quê, paciência.

Não saberia dizer se o Jaume envelheceu bem ou mal. Não é que seja velho, agora que tem cinquenta anos! Mas sim que já tem cabelos brancos; vão do grisalho escuro ao grisalho claro e ao branco. Conserva o mesmo olhar, agora um pouco mais caído. Não que me importe, mas me surpreende a barriga que chegou a ter, levando-se em conta que lembrava dele seco como uma vara de pescar. Não parece que tenha se cuidado muito. Não falo de beber e fumar (essa eu diria que fui eu), quero dizer que tenho a impressão de que não se olha no espelho. É como se não fizesse questão de agradar, assim como eu não faço questão. O que, pensando bem, não parece nunca ter lhe importado, ou se em algum momento importou, está claro que claudicou desde bem jovenzinho.

— E quantos dias você vai ficar aqui? — Finalmente essa pergunta, penso.

— A verdade é que pretendia ficar para almoçar e ir embora à tarde. Não queria incomodar. — Como ato reflexo, ele olhou para a minha mochila e, como é tão educado, só deu um meio sorriso e me disse:

— Ah, tá bom! O que acontece é que você não quer arregaçar as mangas e me ajudar na reforma, bandida! — Sorrio feito uma idiota e não digo nada. — Fica uns dias, você me disse que está de férias, né?

— Sim, ainda tenho uns dias.

— Então não se fala mais no assunto! Tenho todos os outros quartos de pernas para o ar, mas você pode dormir na minha cama e eu durmo no sofá.

— Nem pensar! Eu durmo no sofá! Com certeza você já tem dor nas costas.

— O que você quer dizer com isso! — Ri. — Não, não, nunca na vida eu faria um convidado dormir no sofá. Eu durmo no sofá.

— À noite a gente fala sobre isso. — E assim encerro a conversa. O cozido está excelente. Ele nota que acabo de me transportar a vinte anos atrás, logo antes de minha mãe abandonar a cozinha tradicional catalã. Ainda me resta meio prato de sopa, e o Jaume já está na almôndega, que deixou para o final.

— Sou muito guloso. É que adoro comer.

— Sou bom-garfo também.

Estou estranhamente tranquila, muito mais relaxada agora que ambos sabemos que temos um número indeterminado de dias pela frente. Imagino que vamos conversar muito, vamos nos atualizar, contaremos as nossas vidas desde que perdemos a pista um do outro.

Porém, mais do que isso, passamos a tarde martelando paredes e recolhendo entulho. Para ser sincera, não esperava que a oferta do Jaume fosse literal. Mas até que é bom, assim faço exercício. Ouvimos músicas de uma lista dele no Spotify baseada no Fleetwood Mac que tem pouco a ver com a música que o Jaume ouvia quando jovem. Ele me diz que quase não ouve mais Joy Division "e aquilo tudo", que aquela época ficou para trás. Já eu continuo ouvindo a mesma música de quando tinha dezoito anos.

— Não sabia que você gosta do Fleetwood Mac.

— A minha mulher gosta. — Por um momento eu tinha esquecido que o Jaume tem toda uma vida que desconheço. E uma mulher.

— Como ela chama?

— Amèlia.

— Como foi que você se casou? — Responde como costumava responder quando jovenzinho às coisas que não queria responder, encolhendo os ombros. E então ele pergunta para mim:

— Você não se casou?

— Eu??? — A pergunta me ofende. Se ainda sou uma criança, penso. O Jaume me lê na língua do silêncio, porque diz:

— O quê? Você tem trinta e cinco anos. As pessoas dessa idade estão casadas e com filhos.

— Veja bem, depende de onde você viva, digo eu. — Dou uma de cosmopolita.

— Você encontrou o seu lugar em Barcelona, então? — Fala como se Barcelona fosse Tóquio. Finjo que hesito uns segundos antes de responder:

— Não, acho que não.

E, ao contrário do que eu tinha imaginado, a tarde transcorre num silêncio só quebrado pelo grupo preferido da tal esposa do Jaume. Paramos de trabalhar quase às sete da noite. Estamos sujos feito um cinzeiro, vestidos com macacões de John Deere, um oferecimento do Jaume. Saímos à rua para respirar um pouco de ar livre de pó. Faz um frio de doer. Não passam nem trinta segundos e aparece uma moradora da cidade e como quem não quer nada:

— Jaume! Oi, meu filho, oi. Como vocês estão sujos, que trabalheira você tem aqui, hein! — diz a ele enquanto me olha de alto a baixo. Parece que passará reto, mas afinal para. — Ai, você é... — Já vou fazendo que sim com a cabeça com meu sorriso cândido de moça sempre complacente. — A caçula da Muda! Como anda a sua mãe? E a sua irmã? — Belisca-me uma bochecha como se eu tivesse cinco ou seis anos, numa demonstração de afeto e excesso de confiança.

— Bem, bem. As duas estão ótimas — minto, naturalmente. — Minha irmã está em Barcelona, é médica.

— Ela tem um menino, né? Às vezes falo com a Consuelo — a mãe do Gerard — e ela me diz que estão muito bem de vida! — Continuo sorrindo feito uma imbecil. Enquanto ela fala, reparo que mais de setenta por cento dos sorrisos que dei na vida foram hipócritas. Volto à conversa para ouvir que — ...e aí, anda outra vez por aqui? Com o Jaume? — Estas senhoras sempre tentando subtrair algum naco de informação. Alimentam-se disso. Vampiras de boatos. É questão de minutos para que a resposta que eu der agora acabe correndo de casa em casa, então é melhor pensar bem e não levantar suspeitas.

— Soube pela minha mãe que o Jaume precisava de uma mão com as obras da casa, e como estou de férias nestes dias e tinha vontade de passar pela cidade digo vamos lá, eu ajudo, que faz um tempão que a gente não se vê!

Não sei se cola. Faz cara de desconfiada, resmunga quatro palavras com uma falsa cordialidade e se afasta.

— Você sabe como são as coisas por aqui — digo ao Jaume, que faz que sim com a cabeça e dá um sorriso zombeteiro.

— A verdade é que te achava muito bonito quando era pequena — digo a ele à noite, no sofá, já banhados, jantados e vestidos com pijamas antigos do Jaume de quando morava lá com seus pais, que Deus os tenha.

— E agora não acha mais?

— Agora também, mas com os anos fui me acostumando à beleza. — Sorri e me olha pela primeira vez de uma maneira diferente, como que me olhando de verdade, quero dizer, como que me levando a sério. E não diz nada. — Por que você foi embora sem me dizer nada? — Ele volta a encolher os ombros, mas desta vez não pretendo aceitar esse tipo de resposta. Não passei anos e anos me fazendo essa pergunta para que me responda assim. — Isso não vale, me responde.

Fica muito sério e me olha com cara de pena.

— Porque eu não queria me despedir de você.

— Por não querer ficamos dez anos e dez anos mais sem nos vermos nem nos falarmos. — Eu devo ser uma imbecil, porque ele queria me dizer uma coisa carinhosa e eu respondi com ares de recriminação.

— Isso na época a gente não podia saber.

— Eu ainda passei dois anos inteiros por aqui e você não apareceu nem um só dia. — Merda, fiz de novo. Talvez isso explique por que estou tão sozinha. Porque é possível, efetivamente, que eu seja detestável.

— E ia aparecer para quê, Margarita? Para conversar com uma adolescente? Não acha que teria sido muito estranho? Porque aqui aumentam tudo, no mínimo iam me chamar de pedófilo. — Ouvir isso sendo pronunciado, ter a ele à minha frente na forma de um senhor, depois de tantos anos pensando em lhe pedir uma explicação de por que não se despediu da única pessoa que o tratava como um a mais, e quando me dá essa explicação acabo ficando indignada, sendo que ele tem toda razão.

— Mas se nunca aconteceu nada entre a gente!

— Isso na cidade tanto faz. — Pois é, ele tem mesmo razão. Na nossa cidade, um boato pode se espalhar e persistir ao longo dos anos como certeza absoluta. Mesmo um boato positivo, ainda que seja mentira.

Chegado este ponto da conversa, decido que preciso de álcool e de um baseado, como toda noite, sim, mas hoje mais. Só que na casa dos pais do Jaume não há nenhuma dessas duas substâncias.

— Beque tudo bem, mas nem álcool, Jaume, sério?

— Ah, você tem sempre em casa? — Olho para ele como se me perguntasse se vivo sem água ou eletricidade.

— Sempre. E cigarro quase não fumo, mas um fininho à noite para dar sono, sim.

— Então você é viciada em drogas? — E percebo que fala comigo de uma outra galáxia.

— Nããão! Cara, como assim!

— Ué, se você se droga todo dia... Os seus amigos também fazem isso? Como é a sua vida? O seu dia a dia, anda, conta!

Demoro um pouco para começar a responder. Hesito entre dizer uma merda, chato, decepcionante, lamentável, frustrante ou simplesmente quais amigos. Afinal acabo dizendo:

— Diferente de como eu tinha imaginado. Você não? Você tinha imaginado a sua desse jeito? Casado com uma mulher quinze anos mais velha, com uma enteada que te ignora, dando aulas de reforço de matemática? — Agora, ouvindo em voz alta, percebo que pode parecer que eu queira destruir a autoestima dele. Ele também percebe e, se não fosse tão educado, agora seria o momento de me mandar de volta para a minha casa.

— Que importância tem que a minha mulher seja mais velha. Você e eu também temos quinze anos de diferença. Você está brava, Margarita?

— Não. — Deixo passar uns três segundos e digo: — Sim, é possível.

— Tudo bem, me desculpa por não ter dito que estava indo embora há vinte anos. Você sempre me tratou muito bem, comparado com o resto dos rapazes e moças da cidade. E sempre tive afeto por você. Acontece que, não sei, parece que eu te devo alguma coisa por você ter me tratado bem.

— Não! Não, era só o que faltava! — Putz, que vergonha que ele pense isso, a conversa está indo por caminhos que eu nunca na vida gostaria de ter trilhado. — Eu te tratei bem porque quis, porque te achava diferente, melhor que os outros, você tinha bondade e eu tinha raiva quando se metiam com você, e via o seu sofrimento e não podia suportar. Aliás, sempre fiquei com vontade de algum dia te abraçar. E naquela noite do enterro... — Faz-se um silêncio que evidencia que agora é um bom momento para que aconteça alguma coisa. Mas ele não se move, continua com o olhar cravado no chão e com essa expressão infantil sempre tão sua.

— Não estou nada acostumado a lidar com mulheres, Margarita. Até hoje só estive com a Amèlia.

— Você está me dizendo que nunca fez amor com ninguém mais?

— Isso mesmo.

— Não se preocupe. Não ache que eu também saí por aí trepando como uma ninfa. — Ele parece aturdido inclusive pelo meu linguajar. Além do mais, agora me pergunto se alguma vez a palavra trepar apareceu nas suas conversas.

É que o Jaume não tem os cinquenta anos que os homens modernos têm. O Jaume veste as camisas do seu falecido pai porque ainda estão usáveis. O Jaume sempre foi assim, quando jovenzinho já era. Sempre viveu à margem da estética. Neste momento, estamos usando uns pijamas empelotados, acartonados; o dele tem a parte de cima azul com um Homem-Aranha bordado e a calça vermelha. Está apertado na barriga. O meu é verde e amarelo e o bordado é de um jogador de futebol. Fica comprido para mim nas pernas e braços, mas não chega a parecer um saco. Ele insiste em que eu durma na cama, e que ele fique no sofá centenário dos seus pais. Antes de ir dormir me diz:

— Se quiser, amanhã a gente vai comprar cerveja. Ou vinho. — E os dois sorriem. Eu me sinto um pouco melhor, mas mal ao mesmo tempo. Se pudesse, eu pagaria um psicólogo para mim.

Antes de dormir volto a pensar na minha irmã e me obrigo a jurar que amanhã vou ligar para ela. Preciso me masturbar para pegar no sono. Finalmente adormeço convencida de que amanhã será melhor. Já dizia a Roberta: muitas vezes, dormir faz as minhocas irem embora da cabeça, sei lá..., quanto mais você dorme, mais se distancia dos problemas da véspera.

E, de fato, em Arnes faz um radiante dia ensolarado de fevereiro. Quando saio do quarto, o Jaume já está vestido com o mesmo macacão sujo de ontem e foi comprar madalenas na padaria. Também tem café frio, porque ele o fez às seis da manhã.

— Não conseguia dormir mais e digo, bom, melhor levantar!

Depois de umas primeiras horas esgotadoras de cara para a parede, me ofereço como voluntária antes do meio-dia para ir fazer compras na única mercearia aberta na cidade e encher um pouco a geladeira ao meu gosto. Aproveito para passear por ruas que há anos não percorro. Evidentemente passo na frente da nossa casa. Está vazia. Passa pela minha cabeça ocupá-la. Andando na rua encontro a Esther, uma garota da minha idade, amiga da infância (lá, todos de uma idade parecida andavam na mesma turma). Fico pasma porque, se ela não me chamasse, não a reconheceria. Tem uma menina de dez anos e um de três. Está voltando da escola com eles. Se alguém me dissesse que era a mãe dela em vez dela mesma, eu acreditaria. Hoje em dia, meu mundo se divide entre as conhecidas que estão no segundo filho e as que estão aprendendo a tocar ukulele. Ela me pergunta como vai tudo e digo que bem, bem, superbem. Que moro em Barcelona e trabalho numa floricultura e pouca coisa mais. (Literalmente, pouca coisa mais.)

— E para trabalhar numa floricultura você precisa morar em Barcelona? — Meus olhos devem ficar do tamanho de dois melões, porque imediatamente ela tenta consertar: — Não, amiga, não me interprete mal! Quero dizer que é um trabalho que também dá pra fazer aqui.

— Não, sim, tem razão — Sim, tem razão. De repente a Esther é o multiuso que limpa o vidro da janela da minha vida para entrar luz.

Volto para a casa do Jaume ruminando essa frase da Esther. Ele já está varrendo o chão porque finalmente acabamos de tirar o reboco da parede e deixamos a pedra descoberta. Fica ótima. Pena que em Arnes não exista nenhuma floricultura que possa me dar trabalho atualmente.

Não consigo evitar observar o Jaume o tempo todo. Ele sozinho me lembra minha infância inteira. Seu jeito de se mexer, de olhar as coisas, a cara que faz quando se concentra (que é quase sempre), como é difícil para ele olhar na minha cara... Não consigo adivinhar se ele nota que o estudo ou não.

Volto a pensar na Remei, ligo, mas ela não atende. Então mando uma mensagem com um "Como você está? Quando você quiser falamos", que também não me responde.

Finalmente chegam as sete da noite e repetimos o ritual: banho, pijamas empelotados, preparamos o jantar na cozinha e abrimos o vinho (abrimos o vinho!). Sirvo duas taças e me sinto de novo no meu planeta. Estou tranquila com uma taça de vinho na mão, é como o meu *sidekick*. Ainda não dei um gole e já me vejo capaz de perguntar a ele:

— Você está satisfeito com a sua vida, Jaume? — E de pensar imediatamente como sou ridícula. Ele me olha como se eu tivesse perguntado se ele foi abduzido por extraterrestres ou se se lembra de outras vidas.

— Por que não estaria?

— Estou só perguntando. Eu não estou. — Ele me olha desconcertado e espera sem dizer nada, muito ao seu estilo. O homem mais prudente do mundo. — Quer dizer, tenho a sensação de que faz dois dias que eu estava correndo de triciclo pelas ruas daqui, e de repente tenho trinta e cinco anos e todo mundo cresceu menos eu. Até você cresceu.

— Por que você diz até eu? — Tenho a ligeira sensação de que não paro de meter os pés pelas mãos com o Jaume. De abordar as coisas com ele de um jeito impertinente.

— Bom, é que você quando tinha quase a minha idade ainda vivia com os seus pais e nunca tinha tido namorada. E agora, olha, você está casado e com uma enteada. Se bem que talvez você esteja inventando essas mulheres para parecer interessante, mas na verdade elas não existem e você continua tão solteiro como sempre. — Comecei a dizer esse final com um sorriso de brincadeira e com a intenção de fazer graça, mas, à medida que a pronunciava, a frase foi assumindo forma de desejo. Por sorte desta vez ele capta o meu humor e me diz:

— Te mostro uma foto para que você acredite. — E me mostra, e tanto queria dar um rosto a elas como não queria. Começo a suspeitar que existia uma Marga que achava que, nas horas ruins, sempre restaria o Jaume. — E, por sinal, na sua idade já fazia alguns anos que eu tinha me casado.

A Amèlia é uma senhora que não quis cortar os cabelos, a cor original impossível de adivinhar sob camadas e mais camadas de tintura ao longo dos anos; parece mais velha do que a minha mãe, e é evidente que deixa muito dinheiro em cabeleireiros e estética. A filha, que o Jaume me informa que também se chama Amèlia, é bonita, magra e está vestida de marca do coque às meias. Olho para elas, olho para ele e lhe pergunto:

— Você está apaixonado?

— E o que é estar apaixonado?

— Dizem que, quando acontece, você sabe.

— Isso que você está dizendo é uma certeza universal?

— Acho que sim, sim.

— Então suponho que não, porque não sei bem.

Jaume insistiu que para o jantar deveríamos fazer omelete de alcachofras e alhos tenros. Ele orquestra o procedimento e eu tento servir de ajudante, mas faço mais companhia ou incomodo, segundo se olhe. Talvez seja culpa do vinho, mas estou me divertindo. Em algum momento ele me diz anda, põe música. Então pego o celular e opto previsivelmente por "Ceremony", do New Order, e então tudo ganhar outro caráter, é como se abríssemos as portas da regressão. Ele me olha e na língua do silêncio diz:

— Vamos? — E eu respondo que sim com um gesto mínimo e muito sério, e então me ocorre tirar o lápis de olho da mochila, segurar seu rosto e esperar que ele deixe pintar seus olhos, e sim. Depois começamos a dançar imitando o Ian Curtis, que sabemos que não é o vocalista do New Order, mas tanto faz, queremos dançar assim na cozinha antiga dos seus pais. Como se não tivéssemos vergonha de vermos um ao outro, porque realmente não temos, estarmos juntos é como estarmos sozinhos. Eu me pergunto se, assim como quando você e uma pessoa se conhecem num idioma sempre falam nesse idioma, quando você conhece alguém com determinada idade e vocês não se veem regularmente, se sempre que interagem vocês têm a idade com que se viam. Neste momento volto a ser (ou talvez continue sendo) aquela adolescente cândida e complexada que gostava dos rapazes fora do comum, e ele um jovem marginalizado e que precisava ganhar malícia, como foi ele. Eu com ele sou eu, e ele é ele comigo.

Comemos, bebemos, faz frio na casa. A calefação não funciona bem, e usamos um braseiro desses que já não se fabricam mais. De fato, o Jaume tem o nariz escorrendo desde a manhã, acho que passou frio no sofá na noite anterior, embora não tenha se queixado. Sentamo-nos bem juntos no sofá para nos mantermos aquecidos e nos cobrimos com uma manta das antigas, daquelas ásperas, mas o contato com o corpo do Jaume se torna para mim um reduto de paz. Ele me acalma.

— Sabe? Desde que paramos de nos ver, sempre pensei em você como um amigo imaginário com quem às vezes tenho conversas mentais. Devo ser louca, mas é assim — digo sem olhá-lo, com os olhos fixos na televisão que não funciona. — Preciso te confessar que não passava pela sua oficina por acaso. E muitas vezes sinto saudade daquela vontade de te encontrar e você me contar alguma coisa ou me mostrar bandas. Sempre vou sentir saudade daquele você e daquela eu. Mas, em parte, não preciso ter saudade, porque carrego aquilo aqui dentro, porque é parte de mim. — Certo, fiquei um pouco intensa. Mas parece que funciona, porque o Jaume me responde:

— Ah, você não vinha por acaso? — Agora já me olha sorridente e segura a minha mão debaixo da manta. — Eu também pensei em você muitas vezes, Margarita. Mas, o que ia fazer? Você estava vivendo a sua vida. E ainda que não estivesse em outro lugar, o que eu podia fazer? — Então tenho um ataque de riso descontrolado, porque absolutamente não tenho a sensação de ter estado vivendo a minha vida, sobretudo nos últimos anos. Passei-os morando em lugares precários, divididos com desconhecidos, ou sozinha, muito sozinha. Trabalhando para poder ter um teto e me alimentar e pouca coisa mais, sem conseguir juntar nunca um tostão, sem conseguir ter um grupo de amigos daqueles que vejo no Instagram fazendo jantares em casas de campo, sem conseguir ter um parceiro que me dure mais de dois meses. Sem conseguir terminar uma faculdade, me aproximar da minha irmã, que a minha mãe me queira por perto. E agora percebo que o meu ataque de riso de repente se transforma em lágrimas de tristeza e vergonha por estar chorando outra vez. Que idiota que eu sou, caralho.

— Menina... O que foi?

— Desculpa, sou uma chorona. E ainda por cima fico horrível quando choro.

— Você nunca fica horrível. Eu sempre te achei muito bonita, Margarita. — Diz isso enquanto me dá um beijinho na minha mão que ele segura com as duas mãos dele. Acho que nunca ninguém havia me beijado a mão. Talvez meu pai, quando eu era bebê. Isso me faz chorar ainda mais. Ao final, o Jaume decide me abraçar, e me acaricia a cabeça, e eu quero ficar ali, no espaço exato do seu pescoço. Tem um cheiro muito bom, agora que tomou banho. Enxugo o choro, por sorte não me maquiei depois do banho e tenho a tranquilidade de não estar com metade da cara coberta de rímel. — Me diz por que você está chorando.

E então lhe conto tudo. Tudo: que me preocupo com a Remei, e a história que a minha mãe contou sobre a sua vida, a história sobre o meu pai, que não tenho um lugar para onde voltar, que sou forasteira na cidade grande e forasteira na minha cidadezinha, que ninguém gosta de mim, que os melhores anos da minha vida já passaram e não estive consciente disso e não me serviram para nada, que não os aproveitei e não construí absolutamente nada. Enquanto falo, noto que precisava lhe contar isso. Sobretudo a história da minha mãe. Não consigo acreditar. Não a tiro da cabeça. Que meu pai não seja o pai biológico da minha irmã, que a minha mãe tenha sido estuprada quando perdeu a virgindade e não se lembre de nada, que a Remei seja filha de um estupro. Do que o meu pai fez para não ficar solteiro. Que agora já não tenho certeza de que meu pai fosse boa pessoa, apesar de tê-lo idolatrado a vida toda. Que isso aconteceu numa família como a minha, que me parecia tão estruturada, se é que esse termo existe ou tem algum significado. Ele me ouve muito atentamente, sem cara de julgar nada e vai me acariciando a mão como faria um ancião, porque o Jaume tem a bondade dos velhos.

Passamos muito tempo conversando, até entrada a madrugada. Acabamos o vinho faz horas. Agora começou a chover. Ele me confessa que tampouco esperava que a sua vida fosse a que foi, ao menos até agora, diz. Que o *bullying* que sofreu durante os anos de infância e adolescência lhe marcou muito (negativamente, entende-se). Mesmo que na época o *bullying* não existisse. Não tinha nome. Que sempre teve a autoestima muito baixa, e casou-se convencido de que nenhuma outra mulher repararia nele. Que sempre conviveu com estruturas mentais muito marcadas, com olhar pouco aberto, e que isso condicionou todas as decisões que tomou. Que também se sente sozinho, apesar de ter mulher e enteada, e sente que nunca chegou a se encaixar totalmente naquela família. E que aliás estão mal, porque ele quer vir morar em Arnes e elas já disseram que não pensam em ir embora de Tortosa. E que ele agora precisa tomar uma decisão. Não sabe se é uma boa relação ou não, porque não pode comparar com nenhuma anterior. Que nunca se atreveu a pensar em mim como nada além de uma pessoa da sua cidade, filha de uma ex-professora particular. Que me via como uma espécie de anjo, um reduto de bondade estranha que ele não merecia. Que vivia com medo de que afinal minha atitude fosse uma zombaria e que algum dia o deixaria exposto perante todos. E que por isso, para se proteger, não foi se despedir de mim. Por via das dúvidas. Que sente muito, sente muito de verdade. E aqui voltamos a nos abraçar e eu deixo escapar baixinho, quase aspirando, pouco me atrevendo, como se não estivesse certa de querer que ele me ouvisse:

— Poderíamos dormir na mesma cama esta noite. — Mas ele me ouve. E me olha sem dizer nada, com a respiração suspensa. — Não precisa acontecer nada, é só que faz muito tempo que não durmo com ninguém e eu gostaria, sei lá, de te abraçar. Só isso. — E juro que no momento em que digo isso eu acredito, é o que eu penso.

Ele faz que sim com a cabeça, com o terror escrito na cara, e nos levantamos do sofá e vamos para o quarto em silêncio e nos enfiamos na cama de viúva, que era a sua quando vivia com seus pais. Há alguns segundos de incômodo em que não nos tocamos, só temos as respectivas cabeças apoiadas sobre um mesmo travesseiro desses compridos que ninguém mais usa, olhando-nos a um palmo de distância. Então pego uma mão dele e a acompanho até a minha cintura.

— Não sei como te tocar — ele me diz, e adoro que me diga. Também eu não sei como tocá-lo. Somos como uma relíquia, um atavismo, um papiro de cinco mil anos, uma flor de açafrão que precisa ser manipulada com muito cuidado. Coloco a mão no seu rosto e me aproximo dele, que permanece imóvel, aterrorizado, avanço em câmera lenta até seus lábios, que tropeçam desajeitados nos meus, se tocam, prestes a provar pela primeira vez uma fruta estrangeira. E ele está paralisado e sou eu quem precisa fazer tudo, é estranho, é como beijar um boneco inflável, não que eu já tenha feito isso. Finalmente reage e me devolve o beijo e me pega pela cintura, e eu me aproximo ainda mais, e nosso corpos ficam totalmente um contra o outro. E não podemos, realmente, não podemos parar de nos beijar, porque aquele é um amor bastante antigo, sincero, de outro século.

Não sei quanto tempo passa. Só nos separamos alguns centímetros de vez em quando para tomar perspectiva e nos olharmos com os olhos muito abertos, para ter a certeza de que somos nós mesmos, que aquilo está acontecendo.

— É você? — digo a ele.

— É você? — me responde.

Ao final tiramos os pijamas um do outro. Não sei como dizer: não temos corpos perfeitos, mas, sim, ao menos para mim este corpo dele é perfeito porque é dele. Tentamos por uns instantes fazer amor, mas não dá certo. Parecemos muito adolescentes. A situação faz hora que nos dominou. O Jaume entoa muito baixinho uma espécie de prece que vai rezando que faz muitos anos que te amo, Margarita, sempre te amei, você é tão bonita, Margarita, te amo muito. Eu quero abraçá-lo tão forte que se pudesse encrustaria o meu rosto no seu peito carnudo. Sem dúvida é melhor do que qualquer das drogas que provei na vida. Beijamo-nos. Não acreditamos. Ficamos nos perguntando se somos nós, e sempre somos. E há tanta verdade na maneira como nos queremos, como nos veneramos, como nos maravilhamos mutuamente, que não fazemos amor nem temos nenhum orgasmo, mas é até melhor, porque esta noite não é comparável a nada.

Dormimos mal por um par de horas quando já raiava o dia, e quando nos levantamos o mundo mudou de cor. As madalenas estão melhores hoje do que ontem. O sol aquece mais, a luz tem mais matizes, ele está mais bonito, e eu também.

— Parece que existem as borboletas diurnas e as borboletas noturnas, sabia? — diz ele durante o nosso café da manhã. — E que as bonitas são as diurnas, as noturnas são feiinhas, assim cinzentas e peludas. Quem me contou foi rapazinho que faz aula de reforço comigo e que esteve na classe das borboletas quando era pequeno, e por isso sabia.

Faz todo sentido, outro acerto da natureza, penso, mas rapidamente me pergunto se ele está dizendo aquilo por nós, por essa nossa história proibida e escondida que começamos na noite anterior. Ou talvez só a tenhamos continuado. Então me limito a não dizer nada, a sorrir como uma tonta, que é o atributo com o qual mais me identifico neste momento, e me aproximar dele para beijar outra vez a boca que tem gosto de café com leite.

— Sabe, Margarita, estão se formando um nós que não vai dar para desfazer — me diz agora, numa clara referência a esta nossa ânsia que acabamos de confessar. E eu, enquanto isso, mentalmente estruturo toda uma alegoria que justifique continuarmos nos beijando e que fala da migração das borboletas que muitas vezes acontece em três gerações, como uma corrida de revezamento. Elas, se têm sorte, nascem de dia, para se juntar em casal e fazer um trecho da viagem, e quando nasce a sua prole elas morrem para que a nova borboleta continue, instintivamente, o trecho da sua viagem na direção correta. Até que se reproduzem e voltam a morrer.

Mas quando aterrisso do meu périplo mental, ele já está me falando das laranjeiras afetadas pela tristeza que ia arrancar no matagal com seu pai quando era jovem. O Jaume adora falar, para mim o seu discurso é um indicador de bem-estar, porque quando fala quer dizer que está à vontade. Então volto a me calar; de qualquer forma somos, com certeza, borboletas noturnas, das que não podem se mostrar, que não são bonitas de se ver. Somos a noite, e os bonitos são outros.

— Jaume, você sabe que o tempo deforma todos os corpos, né? Inclusive o das borboletas diurnas, e também os corpos das borboletas que seguem a viagem na direção correta para fazer o que precisam fazer e morrer do mesmo jeito que as suas mães morreram. E o que mais te digo? Que, afinal, a tristeza não é mais do que uma doença das laranjeiras e que você e eu, por enquanto, queremos. — Seu rosto se modifica um pouco. O Jaume é transparente como um cristal de rocha. Quando está triste, está muito triste, e quando se alegra, se alegra muitíssimo. Não digo que seja desequilibrado, e sim que é como um menino. De modo que agora, momentaneamente, e deixando de lado o pepino sentimental que se apresenta para ele depois do que aconteceu nesta noite, ele parece feliz e emocionado com o que acabo de dizer.

Realmente não serei muito original se disser que tenho uma pequena obsessão com a passagem do tempo. Com a deterioração dos corpos, o murchar das flores. Mas acho que, sim, serei um pouco se confessar que tenho a habilidade de ver esses corpos flácidos e essas flores desfalecidas como aquilo que foram através do tempo. Por trás de uns olhos cada vez mais caídos, posso chegar a ver o olhar do menino que foi, do garotinho tímido que não amava a si mesmo, do homem que decidiu se casar com a primeira mulher que lhe propôs isso, e não sabe por quê. A idade na qual todos os adultos nos afincamos por dentro. Não sei como explicar: vejo uma vida inteira.

Enquanto o Jaume está no banheiro, me chega uma mensagem da Remei.

"Estou bem, não se preocupe." E um *emoji* de beijinho. "Vamos nos separar", me diz em seguida. "Onde você está?"

"Em Arnes."

"?"

"Com o Jaume."

"?"

— Acho melhor que você vá embora hoje.

O Jaume sai do banheiro e enquanto olho o celular me solta essa frase, que me destrói. Como durou pouco o meu fim de semana romântico. Tinha acabado de comprar o pavio para acender uma fila de fogos de artifício que agora querem explodir no meu tórax, na minha boca, dentro da cabeça. Hoje, quando acabo de provar o gosto que tem o coquetel do amor genuíno. Agora como vou voltar a uma vida de sucedâneos. Tento dizer que o entendo, mas desta vez não sei fazer o meu melhor sorriso hipócrita. Deve ter notado que é postiço, porque insiste em se explicar.

— É que sou casado, Margarita. É que não sou de fazer essas coisas, entende? — Faço que sim com a cabeça, fazendo uma forcinha para não chorar outra vez. — Foi lindo o que aconteceu esta noite, mas não vamos nos enganar, nós dois sabemos que agora não podemos mais deixar isso entre nós por aqui, como algo isolado. Se você ficar hoje, vai voltar a acontecer. — E eu, que não vejo a hora de voltar a acontecer.

— Você tem razão, não acho que tenha sido um capricho. Acho que isso entre nós vinha de longe, e fazia tantos anos que acumulávamos que levaremos muitos anos mais para esvaziar, pelo menos eu, que nunca senti nada igual, Jaume, é que eu não sei o que acontece comigo. É algo novo e estou achando lindo.

Quase lhe imploro com toda a dignidade de que sou capaz. Então me abraça, chora. Eu também. E me diz sinto muito, Margarita, sinto muito. Você me entende, né? E faço que sim com a cabeça, mas noto como sob os meus pés começam a tremer as placas tectônicas de todas as montanhas do nossa cidade.

— Hoje de manhã preciso dar uma chegada em Tortosa, se você quiser te levo para que você pegue um ônibus de lá — me diz com a cabeça baixa. — Preciso ir comprar mais cimento. — E então faz um silêncio um pouco longo demais, acho que para buscar a coragem para dizer: — E também porque disse à Amèlia que desceria até lá um dia no meio da semana pelo menos para almoçar. — Digo-lhe um "entendo" muito sóbrio com a língua do silêncio.

Recolho as minhas coisas e entro no Mazda dele. Ligo o rádio, toca música clássica, me explica que é a música que a Amèlia quer escutar no carro, que agora ela está aposentada, mas a vida toda foi professora de piano. Ahã, respondo.

E para ele, como sempre que passa de carro pela serra dos Ports, começa a aventura da beleza. Pega todos os caminhos que pode e as estradas antigas, e se esforça para não perdermos nada. Olha que espetáculo de verdes é a entrada deste túnel; escuta, escuta aqui como a música faz, está ouvindo?, isso aí se chama cadência interrompida, que é um falso final que não chega, está vendo? Ainda não. E olha, olha, olha que lindo, que estrada mais acolhedora, que árvores mais antigas, parece que vão começar a falar a qualquer momento.

Mas eu olho mais para ele do que para qualquer coisa, quase sem ser capaz de pronunciar palavra; os pensamentos me pesam tanto que não podem nem ser ditos. Só vejo raízes que levantam o asfalto da estrada que ultrajou a sua montanha. Raízes descomunais desobedecendo, a ponto de gritar, a ponto de não aguentar mais, a ponto de vencer. E a música, e o sol que entra de viés, e ele, apontando maravilhas com o dedo, sendo todo ele uma maravilha.

O Jaume torna tudo bonito, sempre foi assim, e eu, que quero agradá-lo, numa tentativa desesperada para que mude de rumo nos acréscimos do jogo, lhe pergunto se diria que tenho um gosto adulto para a música e coisas assim. Como quero que não cheguemos aonde quer que estejamos indo entre pinheiros e abetos! Então lhe peço para parar um momento pela urgência de nos beijarmos — de nos bebermos, nos devorarmos, nos temperarmos — antes de nos acabarmos. E volta agora, ainda uns minutos mais, aquela excitação adolescente nossa, aquele segredo que nos queima, aquela periculosidade.

Este medo que tenho agora eu sei qual é, que ganhe o que vão dizer, e que nós sejamos os perdedores. E que não reste inverno e o gelo leve embora toda a beleza que só ele me salienta. E, apesar de tudo, a esperança infantil, aferrada ao peito, de que aquilo que chamamos de isso entre nós soe como aquela música e só acabe com uma cadência interrompida, um falso final, um final que não termina.

Mas não. Nada disso acaba acontecendo, e em pouco mais de quatro horas volto a estar no meu apartamento em Barcelona, e com a expressão que eu acho que faria se alguém pegasse um peixe cru e me atirasse na cara. Há pouco tempo eu acabava de descobrir o significado do amor-da-minha-vida, e agora estou aqui, mais sozinha que um elevador vazio, com a mão sobre a porta aberta da geladeira vazia, como quem se apoia no balcão de um bar. Por alguns segundos me passa pela cabeça a ideia de ir a um bar de verdade e me embebedar até cair, e que esta experiencia cósmica que vivi há tão poucas horas com o Jaume se dilua em uma ressaca deplorável.

Um tomate mofado, um vidro de azeitonas verdes aberto antes de ir com a Remei para a Toscana (merda! A Remei, não respondi para ela!), um maço de cebolinhas que começam a ficar moles, quatro cervejas, meio pote de embutido cremoso que comprei num momento de fraqueza, mas que neste momento não tenho sobre o que espalhar, e meia garrafa de leite, que depois veremos se está bom ou não. Não posso acreditar no que aconteceu. Afinal abro uma cerveja e opto pelo embutido em colheradas para jantar, na que é, com toda certeza, a imagem mais lamentável que ofereci desde o começo do ano. Não tenho fome, mas como do mesmo jeito, porque a minha relação com a comida eu recentemente percebi que é assim: quando não tenho mais nada, como. Quando não tenho nada para fazer, quando não tenho alegria, quando não tenho dinheiro suficiente, quando não tenho dignidade, quando não tenho paz interior, quando não tenho ninguém com quem falar, eu, Margarita, como, independentemente da fome.

Estou a um triz de começar a chorar com a colheradinha de embutido na boca, me perguntando se não estarei deprimida de verdade, quando toca a campainha. Merda. Tomara que não seja a Mari Cruz.

É a Mari Cruz. Veio reclamar. Quando vai embora, volto ao embutido e abro outra cerveja porque estou sem anestesia, o que se espera que eu faça. Depois dessa pequena autodestruição adormeço, que é a melhor das receitas contra a realidade, até que me desperta uma mensagem da minha irmã:

REMEI

"Oi, quando você volta para Barcelona?"
"Desculpa. Já estou em Barcelona."
"Posso dormir na sua casa?"
"Sim, vem e me conta. Você está bem?"
"Assim, assim"
"Ok, até já."

E manda um *emoji* de beijinho, que não lhe devolvo porque demorou quatro horas para responder depois que eu disse que me separei. Mas acho que aqui e agora não tenho ninguém mais a quem recorrer que não me dê vergonha de explicar os motivos da separação.

A Marga tem uma cara péssima quando abre a porta. Imagino que a viagem a Arnes não tenha corrido muito bem. Quero lhe perguntar o porquê, mas ela avança para cima de mim com seu interrogatório:

— E aí? Como foi? Você que o largou? Ou foi ele? Ficou muito puto?

— Ele queria continuar, mas eu disse que não.

— Apesar de...?

— É. E aí me diz que não suporta a ideia de que eu vá embora de casa, que leve o Teo comigo, que me mude de cidade... Por enquanto, combinamos que hoje não durmo em casa e falamos de guarda compartilhada enquanto eu não for embora de Barcelona. Mas, se eu for, o Teo virá comigo, entre outras coisas porque, segundo me disse também, não sabe como se organizará para dar conta de tudo. E problema resolvido. Ele continuará como psiquiatra no Clínic, fazendo a tese dele, dando entrevistas, apresentando *papers*, e verá o menino em fins de semanas alternados e nas férias. Não que eu não tenha oferecido que ele ficasse com a guarda completa, hein! (Sabia que diria que não.) Diz que não suporta a ideia de irmos embora, mas ainda menos a de assumir o peso da criação.

— E o que você pensou em fazer?

— Não sei. Se sou em quem vai embora da casa, que ele me pague o valor de metade do apartamento. Assim poderei comprar alguma coisa em Arnes.

— Você quer voltar para Arnes? — O rosto da Marga se ilumina.

— Não é tão fácil. Não sei se o Gerard vai me dar esse dinheiro, acho que ele nem tem. Talvez tenha que vender o apartamento. E eu me sinto muito culpada. De qualquer forma, não seria de um dia para o outro.

— Você pode ficar aqui o tempo que quiser, os outros dois moradores não vêm quase nunca.

— E se vierem.

— Se vierem você dorme comigo. — Francamente, não tenho mesmo plano melhor.

— Mas pelo menos com a gravidez você se anima? — Sorrio.

— Esta semana tenho hora marcada para fazer um ultrassom.

— Ah é? Quando? Eu te acompanho!

— Quinta de manhã. Você não trabalha?

— Eu escapo um momento.

— Perfeito. — A Marga fica calada e de repente começa a chorar. Merda.

— Não se preocupe, estou bem — lhe digo.

— Não, mas não é por você. — Ah, penso. Ah.

— Que bom que você vai ficar estes dias comigo. Preciso que esta semana passe da maneira mais parecida possível com as semanas de antes: daquelas que não fedem nem cheiram, quero dizer. Antes destas duas viagenzinhas, sabe, Remei, e de que a vida se tornasse mais interessante para mim, mas também mais dolorosa.

— Cara, você é muito intensa. Um pouco demais para o meu gosto. — Ela me lança um olhar ligeiramente ofendido. Para tentar consertar, digo: — Acho que tem a ver com a informação e a arte de saber administrá-la.

— Como você faz?

— O quê — respondo.

— Pra segurar a barra. Não perder a calma. Você não ficou muito abalada com o que a mamãe contou?

— Muito, Marga, muito. Tanto que ainda não comecei a digerir.

— Você não contou para o Gerard?

— Para quê?

— Você se parece tanto com a mamãe!

— Olha, o Gerard é muito bacana, encantador e boa pessoa, mas é sobretudo egoísta, como todos! O tempo tem que ser para ele! E você para o Jaume? Contou? — Faz que sim com a cabeça. Claro, ela contaria a vida a uma árvore só para não ter que ficar quieta.

— Tudo. Da sua gravidez também.

— Ah, que legal.

— Mas o Jaume não é assim.

— Ah, não? E você pretende me contar o que aconteceu nestes dias lá em Arnes?

— Passamos a noite juntos. Estou superapaixonada, Remei. Como nunca. Fico me perguntando como podia ter toda esta paixão fechada a vácuo dentro do peito e não ter percebido. Nem ele. Hoje me cansei de chorar e escrever mensagens que acabei não mandando para ele. E me pergunto se ele também está pensando em mim. Se significou o mesmo para ele do que para mim, que foi uma coisa parecida, sei lá,... como se tivesse tomado banho de mar nas águas turquesa de Formentera depois de ter passado os verões nadando em rios enlameados.

— Uau. E por que você diz que o Jaume não é assim? Será que ele largou a esposa depois de ir para a cama com você? — Então minha irmã começa a chorar de novo. Fico chateada. Pela primeira vez, a vejo abalada por causa de um cara. Supõe-se que eu é que deveria estar assim. Mas não sinto nada. Dou-lhe um abraço. Tem cheiro de álcool. Fico com pena. Mas não consigo chorar. — Aliás, você sabe alguma coisa da mamãe?

MARGA

A caminho do trabalho, noto uma espécie de peso que despenca sobre a minha cabeça quando passo sob uma árvore na calçada. Não é metáfora. Será que os passarinhos têm consciência quando cagam na cabeça de alguém?

Por isso cumpro a jornada de trabalho com um cacho de cabelo endurecido, porque faço o que posso no banheiro da floricultura quando chego, mas não é suficiente. Em algum momento penso que dá na mesma, um cachorro poderia ter mijado nos meus tornozelos e eu não me afastaria; sim, claro, o Jaume é casado. E não soube mais dele depois daquela noite idílica.

Finalmente chega o primeiro ultrassom. Acredito firmemente que essa criança traz mais alegria para mim do que para a Remei. Evidentemente nunca direi isso em voz alta.

A Remei ainda está na minha casa, e mesmo assim é ela quem vai buscar o Teo no colégio e o leva para as atividades extraescolares diariamente, e depois o leva para casa com o pai dele. Então, basicamente, agora a Remei, entre trabalhar, carregar o Teo para cima e para baixo e voltar a uma outra casa, não tem tempo nem de pensar. Ela me conta que, quando encontra o Gerard no hospital, tenta evitar o assunto e ele tenta abordá-lo e convencê-la a voltar para casa com eles. Mas ela parece cada dia mais convencida da decisão tomada. Que volte a ficar solteira, ou melhor, que esteja solteira pela primeira vez desde que se lembra, reconheço que isso me dá certa alegria. Talvez agora possamos sair pela cidade para tomar alguma coisa!

Marcamos que ela passaria para me buscar na floricultura e iríamos juntas ao ginecologista, seis estações de metrô mais acima.

— Nervosa? — digo ao vê-la.

— Não. Por que estaria? Faz dias que me sinto meio enjoada, isso de hoje é um mero trâmite.

— Mas hoje já deveria ouvir o batimento, né? — Andei lendo na internet.

— Ah, sim. Sim.

Estou emocionadíssima de conhecer meu futuro familiar, mesmo que através de um ultrassom, e a Remei olha notícias na sala de espera como se não fosse nada. De vez em quando me pergunto se sou a única ainda viva nesta família que não atingiu o nirvana.

Mandam-nos entrar. Antes de começarem, perguntam se somos um casal. Começo a rir e me apresso em dizer que não, não, hahaha, não, somos irmãs. A Remei também diz que não, séria, apenas com o olhar. Em um tom imperturbável começa a relatar ao ginecologista toda a verdade. Pouco antes ela tinha me explicado que não iríamos à sua ginecologista habitual, que é uma colega do Clínic, porque não queria contar essa história tão íntima no trabalho. E por isso marcou uma consulta no primeiro desconhecido que estivesse disponível nesta semana.

Sempre que vai ao médico, a Remei omite o detalhe de que também é médica. Mas tenta que o outro perceba pela terminologia que usa. Eles ficam desorientados. Observo a conversa como uma partida de pingue-pongue.

— Estou de seis semanas e seis dias. A última menstruação foi em 10 de janeiro. A data em que se consumou foi no dia 24.

— Bom, não é por transferência embrionária, certo?

— Não, mas eu sei com certeza. Foi a única relação sexual que tive em mais de três meses, pode acreditar.

— Bom, vamos dar uma olhada então.

A Remei se enrola com o lençol oferecido por uma enfermeira que não fala e se senta de pernas abertas na cadeira de tortura do ginecologista. A esta altura me junto a eles para ter acesso privilegiado à imagem do ultrassom. O ginecologista procede à inserção do tubo-câmera com profilático pela vagina da Remei, que faz uma careta desagradável.

— Tem certeza que me passou as datas corretas? — A Remei olha o que aparece na tela. Eu também. Nenhuma das duas parece entender nada, mas por motivos diferentes.

Então pergunto:

— O que deveríamos estar vendo?

— Vejo o saco embrionário e a vesícula vitelina, mas a medida do embrião não corresponde à idade gestacional. — Fico na mesma.

— Talvez nestas imagens não se veja bem, talvez o equipamento não seja bom o suficiente — diz a Remei, no comentário mais estúpido que já se a ouviu dizer na vida. Parece muito atordoada.

— E o batimento? — me ocorre perguntar. — Pode enfocá-lo? — O ginecologista se limita a repetir que a imagem não corresponde à idade gestacional.

— O que isso significa? — insisto. A Remei continua sem dizer nada, olhando a tela como quem olha uma daquelas imagens que num certo ponto de olhar perdido fazem aparecer uma figura em 3D.

— Que ou é cedo demais para ouvir o batimento, ou que não vai ter. — Então pela primeira vez percebo a gravidade. — Quer dizer que talvez esteja morto? O que quer dizer?

— Olha, por que não voltam na semana que vem? Vamos ver se evoluiu ou, se não, podemos te dar uns comprimidos administrados ambulatorialmente para eliminar os restos — diz olhando a Remei, que continua com um tubo enfiado no meio das coxas e o olhar desconcertado como nunca na vida.

Tentamos marcar hora para a semana que vem, mas só conseguimos para a seguinte. Quando saímos da consulta, vamos caminhando até o metrô.

— Você está bem? — A Remei responde que não com a cabeça.

— Não quero entrar no metrô.

— Vamos nos sentar aqui — digo, apontando um banquinho.

— Não quero entrar no metrô como se não tivessem acabado de me dizer que o filho que carrego na barriga está morto. Não quero ver toda uma multidão de desconhecidos embaixo da terra alheios ao meu sofrimento, chegar ao trabalho, sentar-me no consultório para atender uma fila de gente transtornada e ansiosa como se a minha vida não estivesse desmoronando a cada segundo, Marga.

— Entendo.

— Não, você não entende. Você não acaba de perder um bebê na barriga.

— Nunca tive nem a opção de considerar isso, Remei. — Olho para o chão, percebendo o que acabei de dizer, o que por outro lado é verdade. Noto que a Remei me olha e não sabe o que dizer. Suponho que sabe que está irritada, mas não comigo. — Seria melhor você nem ter sabido. Li que a maioria dos abortos espontâneos acontecem sem que a mulher nem perceba. Parece só um atraso da menstruação e pronto.

— Sim, seria melhor nem ter sabido. E se não tivéssemos ido visitar a mamãe também não saberia sobre o papai. E neste momento minha vida não estaria naufragando do jeito que está.

— Mas você preferia que nada disso tivesse acontecido? — A Remei fica novamente sem saber o que dizer. — Quer dizer, no final tudo é informação. — Adoto um tom mais próprio da Remei do que meu, vamos ver se assim ela entende alguma coisa.

ERNE

— Margarita, faz dias que estou ligando para a Remei e não há maneira de encontrá-la. Você tem falado com ela ultimamente?

— Sim, claro. Por que não me ligou antes?

— E como ela está? O que ela fez afinal?

— Se separou. Está no meu apartamento nestes dias.

— Se separou? O Gerard a dispensou, é? Já dava para imaginar...

— Foi ela que o deixou.

— Cala a boca!... E está no seu apartamento? Ela está bem arrumada...

— Ainda bem que ela tem pra onde ir, com a mãe dela na Itália ...

— E o bebê? Tudo bem?

— Não muito bem, mamãe.

— O que você quer dizer?

— Que fomos fazer ultrassom e por enquanto não tinha batimentos. Ela vai voltar em alguns dias para ver se era cedo demais.

— Ai, Deus te ouça.

Fiquei muito preocupada com isso que ela me disse do ultrassom; de se separar do Gerard, não. Num outro momento eu teria preferido que continuassem juntos e que ninguém soubesse que ele não era o pai biológico. Mas, visto o meu sucesso nisso, agora acho bom que ela se separe. Não faz sentido continuar com alguém se não for para tornar a sua vida mais alegre e mais leve. Isso eu levei sessenta e cinco anos para descobrir e, se elas não tivessem ido ouvir a palestra, não sei se teria percebido. Porque sempre que a proferia estava convencida de que havia agido muito bem: ter a Remei apesar de tudo, dar-lhe um pai e uma irmã, esperar meia vida para que crescessem e então, sim, me dedicar a mim. E viver todo este tempo com este peso no peito e nas costas, nunca beijar o meu marido com vontade. Nunca chorar de rir. Não, isso é preciso fazer sempre, não só quando você já cumpriu todos os deveres. E agora que foram embora e as coisas estão claras, descubro que tenho muita vontade de voltar a ter um bebê na família e não agir tão mal desta vez. Talvez não fosse tão ruim a ideia de conservar a casa em Arnes... Não sei, em todo caso, cruzo os dedos para que haja batimentos na próxima.

MARGA

Hoje é a minha manhã livre e me levanto na mesma hora que a Remei para sair e dar uma volta, porque desde o dia em que falei com a minha mãe percebo que tenho uma ansiedade que, se não tivesse largado totalmente, agora fumaria dois cigarros ao mesmo tempo. Ou talvez os comeria. Ela me liga para perguntar exclusivamente pela Remei, com certeza já esqueceu do que anunciei sobre o Jaume. Não sabe que fui a Arnes. Nem um simples e você, como vai. Que coisa. Como não quero fumar, lembro que o chocolate também funciona, e entro na primeira padaria que encontro e compro um *croissant* de Nutella que como sentada num banquinho da rua Villaroel. À minha frente passavam vidas sendo levadas dignamente na garupa de pessoas que parecem ter um rumo. Vão buscar as crianças na escola, fazer compras, aula de Pilates, tomar um café com o pessoal da aula de dança de salão. Tão alheios ao que me disse minha mãe, ao que a Remei está sofrendo e ao apocalipse amoroso no qual transito nos últimos dias, talvez desde sempre. Não é uma coisa anódina encontrar o amor sincero de outro século e perdê-lo no mesmo dia. Volto ao asfalto por causa de um "óinc, óinc" de um maldito adolescente que agora é aclamado pelos seus malditos amigos enquanto me olham e riem e fazem gestos que me informam que talvez eu tenha um ligeiro sobrepeso. As pessoas não suportam ver uma gorda comendo chocolate. É triste demais. Esbarra em incômodos próprios impossíveis de assumir.

Estou num ponto da vida em que já não falo do tipo ou da beleza, e sim que fico me repetindo, nesta manhã de quinta-feira que tenho livre na floricultura e sinto um vazio existencial, é que gostaria de ter herdado um pouco do pragmatismo da minha mãe. Essa coisa de traçar planos e segui-los milimetricamente. Não que eu precise de um plano para passar a minha manhã livre, na verdade preciso de um plano para viver.

Começo por fazer uma coisa que nunca fiz (li num teste de psicologia do Instagram que isso é útil para quem quer começar a mudar de vida), que é sair para fazer *jogging*, ou seja, caminhar pelas calçadas vestindo roupa de ginástica como se estivesse atrasada para algum lugar. Aproveito que estou de *legging* e tênis e começo a trotar. Estou esbaforida há quatro quarteirões quando passo diante de um bar que tem uma vitrine em lugar de parede e me vejo refletida: é uma imagem lamentável, pareço o Mariano Rajoy. Decido que já chega de passear pelo Poble-sec deste jeito, pois mais gente vai acabar me vendo (na verdade o que quero é me sentar para tomar sol na vitrine do bar e pedir um café com leite).

"Oi, Jaume. Como você está?" Ao final decido me arrastar e, diante de um pingado com leite desnatado, lhe envio uma mensagem. "Não te disse nada, mas a verdade é que não consegui parar de pensar em você desde que fui embora."

Eu diria que o Jaume não é dessas pessoas que andam com o celular para cima e para baixo. Apesar disso, fico olhando o aparelho fixamente sobre a mesa durante os cinco minutos que ele leva para responder.

"Marga, também não pude. A verdade é que estou me separando. Já te disse que as coisas não estavam muito bem." Quase caio da cadeira. Como ato reflexo, me viro e olho energicamente para uma senhora octogenária que está sozinha à mesa ao lado e, na língua do silêncio, me diz:

— O quê? O que você quer? — E lhe responde a senhora não sabe pelo que estou passando, também com o olhar.

Hesito um pouco, mas ao final acabo me dizendo que uma pessoa madura, neste momento, pegaria e ligaria para ele. Então tomo fôlego, me digo que sou adulta e que posso manter esta conversa.

— Olha, eu ia te responder mas disse, quer saber, vou ligar!

— Alô, desculpe, mas no momento não posso atendê-la. — E desliga. Fico passada. Prefiro pensar que liguei num mau momento.

Tomo o rumo de casa entre atordoada, eufórica e assustada, num coquetel de emoções que, como diria minha irmã, se eu estivesse descompensada agora seria o momento de surtar. Bem nessa hora me liga a Remei.

— Estou sangrando muito. Vem. Estou na sua casa.

— Vou voando, estou perto.

Quando se trata de uma máxima urgência, na nossa família as coisas sempre foram ditas o mais concisamente possível.

Corro tanto quanto meu físico pouco privilegiado me permite, mas muito mais do que antes no momento do *jogging*. Encontro a Remei no banheiro, nua dentro do box, parada, com um coágulo que ocupa suas duas mãos abertas. Tem a expressão congelada. Parece um quadro de Hopper.

Levanta o olhar para notar que cheguei, e no nosso idioma lhe digo calma, já estou aqui e sinto muito. Sinto de verdade, de todo coração. Embora não ache que isso vá consolá-la. Receio que a Remei salvaria a própria vida sozinha só para que eu não pudesse ajudá-la.

Então a cena retoma o movimento e, com todo o terror no rosto, ela me diz:

— Perdi.

— Como foi?

— Horroroso. Eu estava na cozinha fazendo o café da manhã e comecei a sangrar. Cada vez mais. Deitei na cama, mas continuei sangrando. Então me sentei no banheiro. E continuei sangrando. Saiu um coágulo. Depois outro. Não parava mais. Entrei no chuveiro, eu me sentia muito mal, mas não podia desmaiar, porque estava sozinha. E então notei um peso, abri as pernas, fiz força e me saiu isso. — Ela me mostra, como um troféu. Eu me aproximo para examinar. A Remei o acaricia, o olha muito atentamente. Fico um pouco espantada com a serenidade dela. Por ela me contar tudo sem lágrimas.

REMEI

— Você deve ter ficado muito assustada — me diz a Marga.

— Mais que assustada, furiosa. Para mim, desde o começo estava claríssimo o que estava acontecendo.

— Mas... e você não está triste?

— Ainda, não, Marga. Por enquanto estou uma arara. Me deixa sozinha um momento, por favor.

Quero me despedir da maçaroca de tecidos que acabo de expelir pela vagina. No momento está dentro da pia do banheiro. Olho atentamente para aquilo durante um longo tempo. Isso deveria ser o meu segundo bebê, que muito provavelmente nunca mais terei. Por algumas semanas refleti e decidi que queria seguir esse caminho. Queria ninar aquele bebê e depois pegar a sua mão e cuidar dele pelo resto da vida. Agora perdi tudo. Valeu a pena apostar tanto por você, criança? Acho que sim. Não sei quanto tempo passa até que a Marga volta a entrar, colocar um braço nas minhas costas e me dizer você precisa se desfazer dele. Faço que sim com a cabeça.

— O que faremos? — pergunto.

— O que é exatamente?

— São tecidos que envolvem o embrião, o que resta do embrião. É o que deveria ser a placenta.

— Vamos enrolar em papel higiênico — propõe, e não sei por que não me parece má ideia.

— E agora? — pergunto.

— Eu diria que é orgânico.

Então pego o que deveria ser meu filho e o jogo no lixo orgânico do apartamento compartilhado da minha irmã. Então nos sentamos as duas no sofá.

— Você precisava tirar uns dias — me diz a Marga. Encolho os ombros.

— Sabe alguma coisa mais da mamãe? Ela me ligou e não pude atender. E agora, o que eu vou fazer, Marga?

— Pede uma licença, Remei. Você acaba de perder um bebê, acaba de se separar, acaba de saber que a história da sua vida era uma mentira. — Às vezes, minha irmã tem o dom da inadequação. Mas tem razão, mesmo que eu não pretenda admitir.

— Vou falar com a Mercè.

— Agora mesmo! Ela sabe?

— Certo. Não, não sabe de nada.

Então ligo para ela, digo à minha chefe que perdi uma gravidez, que não era do Gerard. Que nos separamos. E que preciso de uma licença porque tenho um quadro de estresse pós-traumático. Quando você se vê contra as cordas, a melhor opção é sempre a verdade. Ela me transfere a ligação para a Llombart, minha médica de cabeceira, que me diz que vai me mandar o atestado por e-mail. Eficiência.

— Remei... Esta semana quis falar com o Jaume. — Olho para ela como quem diz e agora, o que você quer, mas a deixo continuar porque na verdade ela está se portando muito bem comigo. — Ele me disse que se separou da mulher. Estou pensando, Remei, estou pensando, vejamos o que você acha, mas acho que seria um bom momento pra gente pensar em voltar para Arnes. — Tento assimilar toda esta informação; por enquanto não consigo. Não entendo o que um assunto tem a ver com o outro. Ela continua: — Ele está reformando a casa dos pais dele, aquela enorme, sabe?

Ah, agora ligo os pontos. Hesito uns segundos fixando o olhar em lugar nenhum; acho que a minha cabeça está o mais acelerada possível, o que num momento como este não é nada demais. Acabo funcionando como sempre funcionei, organizando a minha vida no piloto automático. Funciono bem sob pressão. Pareço a minha mãe:

— Vamos fazer o seguinte. O Teo amanhã não tem aula, que é a semana do saco-cheio. Tem que ser agora. Faz a sua mala e faz a minha também, mas faz direito, não fica viajando, enquanto eu vou buscar o menino na escola. Pega tudo o que você pegaria se não fosse voltar mais, podemos levar uma mala grande ou duas pequenas por pessoa, não mais do que isso, ou não cabemos no carro. Passo para apanhar o menino e volto para te buscar. Daqui a exatamente uma hora quero você na porta do prédio.

— Então sim? Voltamos para Arnes?

— Ao menos por enquanto, neste mês que estou de licença, e agora que o Teo não terá escola durante alguns dias. Posso tentar convencê-lo a ficar por lá e mudar de escola, e mais em longo prazo posso ver se tem alguma coisa para alugar ou vender na cidade por um preço acessível. Se enquanto isso o Jaume puder fazer o favor de nos hospedar.

— Merda, o Jaume.

— O quê?

— Ele não está sabendo. Vou ligar pra ele. Ah, droga!, e esta tarde eu trabalho.

— Olha, é só ligar e dizer que está com febre.

MARGA

Get a drink, have a good time now
Welcome to paradise
Since I left you
I found the world so new.
The Avalanches

Faço tudo o que a Remei disse. Adoro quando ela assume o controle e só ordena o que tenho que fazer. Acho que este é o meu lugar cômodo no mundo: minha irmã e minha mãe orquestrando, eu executando. Não vejo nada de indigno nisso. Com sorte, cada um tem talento para uma coisa.

Também ligo para o Jaume, mas nada, não atende. Faço as malas e volto a ligar para ele. Nada. Desço para a rua, a Remei e o Teo já estão no carro. Entro, ligo mais uma vez. E outra, e outra durante o trajeto. É então que começo a me preocupar ou perceber a loucura que estamos fazendo de nos mudarmos duas adultas e uma criança para a casa de alguém sem que esse alguém saiba nem esteja nos esperando.

Entro em pânico. Pensando bem, a última coisa que soube foi que disse a triste frase de desculpe, mas no momento não posso atendê-la, e já não me disse mais nada. Ai, minha nossa, e se aconteceu alguma coisa com ele? E se sofreu um acidente de moto? Ou se arrependeu da separação? Faço a única coisa que me ocorre fazer antes de voltar a tentar ligar para ele. Escrevo uma mensagem.

Vou com tudo, porque tenho esta sensação de dobro ou nada, de aposta alta. De fim do mundo. Enfim, ainda temos três horas de estrada e toca uma canção do Avalanches que se chama "Since I left you" e diz que desde que te deixei o mundo me parece um lugar tão novo.

Oi, Jaume, espero que esteja bem. As coisas se precipitaram para nós aqui em Barcelona e o ponto é que estamos descendo para Arnes a Remei, o menino e eu, carregadas de malas. Queria ter falado com você antes para te pôr a par da situação, não sei por que não me atrevi a te ligar até esta semana, momento também em que minha irmã perdeu o bebê que carregava. O fato é que eu queria te pedir se podemos ficar na sua casa, com você, por uns dias. É importante este "com você", porque já faz alguns dias que só penso neste "com você". Revivo em *loop* aquela noite e as formas que seu rosto assume de perto, e não me atrevo a fazer muitos planos de futuro, mas acho que é justo tentar viver a vida da maneira que quisermos viver e, de fato, neste momento eu só quero que me aconteça o que me acontece quando você me abraça, e pensei, Jaume, que, quem sabe, talvez pudéssemos voltar a brincar de nos sentirmos sozinhos juntos, ou a nos fazermos companhia.

Bum! Sinto como se tivesse acertado uma cesta de três pontos. Como quando eu era a estrela indiscutível da seção funerária da Floricultura Flores. Mas o Jaume não responde. Deixo escapar a possibilidade de que talvez tenhamos de dormir na pensão. A Remei parece tão arrasada que diria que não lhe importa. Lamento ser este tipo de inútil que não sabe dirigir nem tem conhecimentos médicos ou psicológicos e não sei como ajudá-la. Então começo a ler na internet as causas de aborto no começo da gestação, porque pouco antes havia deixado entrever que se arrependia de ter fumado aqueles cigarros na Toscana e de ter bebido o Spritz. E isso me dá muita pena.

Paramos um momento num posto, e o Teo almoçou, mas nós hoje não quisemos comer nada. Para não mentir, eu bebi uma cerveja rápida com a intenção deliberada de que me subisse um pouco à cabeça e me baixasse a ansiedade. Aproveito enquanto o Teo não nos ouve para lhe dizer:

— Sessenta por cento dos abortos no começo da gestação são por culpa de malformações genéticas. São incompatíveis com a vida. Acontece em uma de cada cinco gestações, uma em cada quatro a partir dos trinta e cinco anos.

— Eu sei.

— Eu sei que você sabe, mas eu não sabia. Só queria te tranquilizar. Não foi culpa sua. — Não me responde.

Chegamos a Arnes ao entardecer, quando o céu já começava a escurecer. O Teo está contentíssimo de descobrir que estamos na cidade dos avós e não para de perguntar se podemos ir ver os seus amigos, e a Remei lhe diz que amanhã. Estacionamos perto da casa do Jaume e peço que me esperem onde está o carro, que vou na frente para não chegar em comitiva, e daqui a pouco venho buscá-los.

Toco a campainha e não tem ninguém. Na verdade, a porta está trancada a chave, quando durante o dia, se ele está lá, sempre a deixa aberta. Começo a me desesperar, assumindo que deve estar em Tortosa reencaminhando seu casamento ou, pior, estirado num acostamento do Eixo do Ebro. Mas então reparo que a porta da oficina está um palmo aberta. Entro, as luzes estão apagadas, e não sei onde ficam os interruptores. Na penumbra, vou direta ao quartinho onde costumávamos ouvir música em outra vida, e por fim, lá está o Jaume. Sentado no chão, sobre uma madeira antiga, as costas contra a parede de pedra, balançando-se ligeiramente para frente e para trás e com o lado direito contra o sofá velho e poeirento que ainda é o mesmo onde repousávamos a bunda há vinte anos.

— Margarita — me diz com ar de vencido sem se levantar do chão. Eu me abaixo, seguro suas mãos e ele me abraça. — Que bom que você veio. Desculpa. Quando você me ligou a Amèlia tinha acabado de aparecer por aqui, e por isso desliguei. Discutimos muito, ela me disse coisas muito feias, que acho que eu mereço. Mas, não sei, fui um bom marido por tantos anos, dedicado, não sei como dizer. Nunca olhei para outra mulher porque, para ser sincero, nem sabia como fazer isso. Mas isso de voltar a Arnes... eu sempre soube que queria. Se elas não querem, prefiro estar aqui sem elas. É assim. E ainda por cima, a esta altura, apareceu você que... não sei como explicar. Não posso mais ficar com ela.

— Você contou a ela o que aconteceu?

— Você sabe que não sou muito bom contando mentiras. — Sorri com uma espécie de tristeza. — Mas o ponto é que não precisou. Disse a ela que eu queria vir morar em Arnes e ela me disse que sobre isso já tínhamos conversado, e que Arnes ficaria como casa de veraneio. E eu então lhe disse que não, que ficaria morando aqui para sempre. Acho que dei uma forçada. Não quis negociar nada. Ficou brava, nunca havia acontecido de eu contrariá-la. Ela me disse que como eu me atrevia, que eu era mal-agradecido, que ela me sustentou a vida toda (isso não é verdade, porque eu outra coisa não, mas trabalhar eu trabalhei a vida toda, você sabe), e que se eu quisesse ir embora ficaria sozinho. E eu lhe disse imediatamente tudo bem, aliviado. Precisava ter dito toda a verdade? Sou uma má pessoa?

— Você está longe de ser má pessoa. — O Jaume é das pessoas mais bondosas que já conheci. Talvez a mais. — Se você tivesse contado toooda a verdade, com certeza ela teria ficado mais furiosa, mas também teria te entendido mais. Em todo caso, já está feito.

— Você deve ter me ligado. Desculpa. Deixei o celular em casa o dia todo e já faz não sei quantas horas que estou aqui, sei lá se pensando ou tentando não pensar.

— Sim, liguei mil vezes e te escrevi talvez a coisa mais bonita que já escrevi na vida, mas, bom, tanto faz, porque, além do mais, tenho uma surpresa que não sei como você vai reagir.

Ele me olha com expectativa. Percebo que não sei como dizer que quero ficar morando com ele, o que é algo bastante bombástico, que vou tentar ganhar a vida para pagar aluguel para ele, que talvez pudesse abrir uma floricultura no térreo da casa dos pais dele, se ele estiver de acordo. Que projetei nossa vida juntos e vi a paz. Não sei como lhe dizer sem parecer a mais brega nem a mais folgada do mundo, que não tenho nenhum medo do futuro se estiver com ele. E tampouco sei como lhe dizer que meu sobrinho e minha irmã estão há algum tempo esperando no carro porque também vêm se instalar na casa dele.

— Jaume, o que você acharia de hospedar a minha irmã, o filho dela e a mim por alguns dias na sua casa? A Remei diz que quer olhar alguma coisa para alugar por aqui para se instalar, que quer ir embora de Barcelona e voltar a trabalhar aqui na região. Sei lá... Talvez seja loucura. — Ele me olha perplexo. — Eu talvez ficasse aqui com você, se estivermos bem, se você quisesse. Quero dizer que quero ficar com você, Jaume. Acho que agora estamos vivos, que um dia estaremos mortos, e que precisamos fazer as coisas enquanto estivermos vivos. Não tiro da cabeça o que aconteceu. Naquela noite, abriu-se a porta de um quarto muito antigo, e não quero ir embora de lá.

A expressão do Jaume muda, ele me beija, me olha, volta a me beijar, sorri e diz:

— Você ficaria comigo?

Faço que sim com a cabeça.

— Nada me faria tão feliz quanto te ver todos os dias, Margarita. E eles estão aqui?

— Na esquina. No carro.

— Nossa! Pois vamos lá buscá-los! Eles vão morrer de frio!

Ajudo-o a se levantar, fiquei entalado, diz, e vai e os abraça e pega o máximo de malas que consegue e subimos todos para a casa, e neste momento isto, estas três pessoas e eu juntos, são todos os segredos do universo revelados. Acho que o sentido da vida não esconde mais nada.

REMEI

A Marga me contou no caminho que o Jaume estava com a casa bastante bagunçada. Mas por sorte já tem mais um quarto pronto, onde o Teo e eu dormiremos hoje. A verdade é que não me sinto muito bem. Num momento da noite, minha irmã me pergunta como estou. Encolho os ombros e olho para o chão.

— Estou com dor na barriga — lhe digo. — E na cabeça.

— Tomou alguma coisa?

— Ibuprofeno, agora vou tomar outra coisa, que já faz quatro horas.

— E fora isso, como você está?

— Contente de estar aqui. Quer dizer, o mais contente possível, levando-se em conta a situação.

— Você é das que acham que tudo acontece por um motivo?

— Não. — Não hesito. Não só isso, como a pergunta me irrita. — Olha, esse negócio de destino, de carma, de que tudo acontece por um motivo para que se aprenda alguma coisa, que a vida te devolve o bem e o mal que você faz... Tudo isso são idiotices do tamanho de um bonde, Marga. — Não queria, mas parece que dá para notar a raiva no meu tom. Quem diz essas coisas é ignorante. — Não é preciso encontrar a quadratura do círculo em tudo. As coisas acontecem como acontecem. Agora, é preciso pensar nas coisas. Não dá para agir como um animal selvagem. É preciso saber para onde você vai e por quê, mas pouca coisa mais podemos controlar. A gente se lança ao mar que é esta vida, e depois cada um nada como pode. Você não acha? Ou como a gente aprendeu, ou como te ensinaram, ou como você viu fazerem. Ou totalmente ao contrário do que você viu fazerem, justamente porque não gostou do que viu. Acontecem coisas com você. Você se adapta a elas. Fim. — A Marga faz que sim com a cabeça em um movimento muito tímido. Às vezes me olha como se ainda tivéssemos dez e dezessete anos.

— Remei, sei que em geral tenho sido péssima como irmã e como pessoa, mas quero que você saiba que estou aqui para o que precisar e de maneira incondicional, está ouvindo? — Olho para ela, um pouco surpresa, por que não?; por essa eu não esperava. Acho que deve estar influenciada em parte também pela dimensão do momento. Ou seja, isto de termos decidido deixar para trás as nossas vidas em Barcelona, e termos feito isso em questão de minutos. Por via das dúvidas, a abraço; não sei se por saber que é isso que ela espera, ou se é porque realmente tenho vontade.

— Obrigada — lhe digo. E então nos levantamos rapidamente e continuamos desfazendo as malas como se nada tivesse acontecido, antes que os outros dois vejam que nos enternecemos.

— Você precisava ligar para a mamãe.

Ela tem razão. Acho chato ter que lhe contar o que aconteceu. Verbalizar.

— Vamos fazer uma videochamada juntas para ela — me diz. Acho uma boa ideia.

Noto uma coisa diferente no rosto da minha mãe, diria que tem os olhos como se..., como se não dormisse bem. Vou bem direta ao ponto porque sei que é o que ela espera.

Passo por cima do assunto Gerard e me detenho mais no aborto. Quando conto que fiquei segurando o tecido enovelado nas mãos e pensava que estava me despedindo (adeus, filho ou filha, desculpe não ter te amado desde o começo, desculpe...), começo a chorar e acabo lhe dizendo entre soluços, num ato jamais visto, mamãe, por que você não volta a morar em Arnes como nós, tudo seria mais fácil. Olho para a minha irmã, que, naturalmente, também está chorando, não sei desde quando.

— Isso, mamãe, volta! Vende a casa na Toscana, encerra essa etapa e volta! — dispara a Marga. — Sabia que o Jaume e eu estamos juntos? — E um sorriso colossal se desenha no seu rosto.

Minha mãe tenta dissimular o seu meio sorriso. Então deixa passar alguns segundos de silêncio e acaba sentenciando:

— Vou pensar uns dias, tudo bem?

Amanhã fará um dia mais primaveril, o Teo estará contente porque não terá aula e poderá brincar a manhã inteira, e à tarde verá os amigos da cidade, que quase nunca vê. Eu irei comunicar à minha sogra que nos separamos e que as coisas estão assim agora. Contarei a ela que não quero ficar no apartamento de Barcelona; que buscarei trabalho como médica por aqui, e que mudarei o Teo de escola; que ele verá o pai segundo o que um juiz determine e sempre que quiser, e que o Gerard é um bom homem.

E tenho o pressentimento de que minha mãe nos dirá que sim. Quem sabe se o futuro nos reserva uma coisa parecida com uma família, a partir de agora.

ERNE

Não vou negar que, desde que as meninas foram embora, noto a casa vazia e há um silêncio ofensivo. Ai, olha, agora ri um pouco porque quem diria que o silêncio me incomodaria. Não sei, deixei a vida toda passar sentindo-as como um estorvo, amando-as, mas como um estorvo, como quem gosta do seu trabalho, mas no fundo preferia não trabalhar; como seres aos quais criar e proporcionar educação, sobretudo, e pronto; e agora me ocorre que não soube aproveitá-las, que talvez, que seguramente há outras maneiras. Às vezes, quando vejo a relação da Roberta com seus filhos, me sinto estranha. Que raios, me sinto triste; noto como a inveja retumba lá longe. Minhas filhas falam um código que não as ensinei.

Agora me pedem para voltar a Arnes, e não estão me pedindo só isso, o que me pedem é que seja normal, que faça o papel de mãe como as mães que viram em outras famílias, e isso é como se pedissem que eu levante voo ou que faça fogo esfregando duas petúnias. Porque acho que não sei fazer isso. E, apesar de me sentir tão estranha neste momento, não sei se é o que quero fazer. Decido ir falar com a Roberta. Ela insiste em que eu fique para o jantar.

— Nunca havia cogitado voltar para Arnes. Fui embora convicta, deixando para trás uma época sombria da minha vida. Sombria e longuíssima. Ou seja, você realmente não sabe com que ânsia esperei que elas fossem grandes o suficiente para irem embora, mudar de vida, sabe? Quando soubemos que o Amador estava doente... Veja bem, não digo que tenha me aliviado. — A Roberta então dá um meio sorriso e faz que não com a cabeça. — Eu sentia muito porque elas sofreriam quando ele morresse, mas eu não. Não o odiava, tá? Só que não me interessava nada do que ele pudesse me dizer. Não sei, tinha enjoado dele. No começo eu o odiava, depois tive de aceitá-lo, mais tarde tinha me acostumado, e no final, não sei, eu enjoei dele. Um casamento de trinta anos dá para muita coisa.

— Continuo sem entender por que você não se separou, Erne! Sempre te digo isso, mas é que nunca vou entender, moça! E, de todo modo, você não se importava por elas ao ir embora do seu país e não voltar nunca mais para visitá-las?

— Não, porque já eram grandes, e se quisessem me ver podiam vir elas.

— Mas os estudantes nunca têm dinheiro para viajar!

— Esse é o ponto: ao mesmo tempo sentia que as estava educando: querem me visitar? Trabalhem, se esforcem, ganhem dinheiro e venham me visitar — E não sei a troco de que ela dá uma risadinha enquanto me ouve.

— Ahã! E quantas vezes vieram em quinze anos?

— A Remei cinco, a Marga, duas. — Ela me olha como se esperasse uma conclusão. — Certo, não funcionou.

— Foi tudo tão sombrio assim? Você não criou raízes na sua cidade? Nenhuma amizade? Nenhum amante? Não aproveitou as meninas quando eram pequenas?

— Não sei o que te dizer... Não, claro que não foi tudo sombrio, tem razão. Para dizer a verdade, quando estava grávida da Remei pensei que a rejeitaria, que a daria em adoção ou algo assim. Mas depois do parto nunca mais voltei a pensar nisso. Foram anos bons, pensando bem, os primeiros anos da Remei. Pela primeira vez, eu não estava apenas resignada, também estava contente de ver a menina todo dia. Achava muito divertido. Em todo caso, aquela cidade sempre me lembrou aquilo de que abri mão, a vida eu que poderia ter tido. Não soube me adaptar. E não, não fiz nenhuma amizade de verdade. Nenhuma amiga como você. — A Roberta dá um sorriso triste e pega a minha mão. Não me incomoda. — E outra coisa! Todo mundo falaria de mim se eu voltasse. Outra vez!

— Você não tinha mesmo nenhuma amiga?

— Na faculdade fiz uma, o pai dela também era uma fera; sabe, ser educada sob o regime das mesmas loucuras é algo que une a gente. Mas quando precisei me casar e voltar para Arnes, perdemos contato. Na época não era como agora.

— Você não sentiu falta de nada da sua cidade em todo este tempo?

— Juro que não senti saudade de lá nem um só dia nestes quinze anos.

— E das suas filhas?

— Sim, delas sim, sobretudo da versão delas de quando eram pequenas. Mas acho que não sou uma mãe comum. Sou mais do *savoir faire* dos pássaros, que alimentam os filhotes e mostram a eles como voar, e depois nunca mais voltam a vê-los. — Não sei por que isso faz a Roberta rir alto.

— Como assim! A gente nunca deixa de ser mãe, Erne! A esta altura você já deveria ter percebido!

— Não, perceber eu já percebi: estão na faixa dos quarenta e ainda me recriminam por certas coisas!

— Olha, o clichê de que você deixa de ser você a partir do momento que colocam uma criança no seu braço é verdadeiro. Você não sabe quem você é e talvez leve a vida toda para saber. E não só isso, talvez ainda continue se perguntando, amiga! Quem é a Erne depois das suas filhas? Aceite que você as tem! Que você é outra. Que a vida foi por outros caminhos, e tudo bem. Não tem problema. Eu, olha, me senti imediatamente à vontade com os meus bebês. Quando me puseram o maior no meu colo, com aqueles olhos grandes e redondos, de um azul que dava vertigem como o sem-vergonha do pai dele, senti que o meu propósito no mundo era esse, ser a mãe dele, mais que ter um restaurante, me casar, aprender, qualquer coisa: para criá-lo, para amá-lo, para mimá-lo, para viver para ele, para aproveitá-lo. Outra coisa é a relação com o parceiro, mas com o filho..., o filho você ama mais do que a própria vida. Não sei como dizer, os dias eram bonitos porque ele existia, eu me levantava feliz de ter passado a noite com ele e de saber que também o dia passaria com ele. Fui tão feliz ao criá-lo que quis repetir, por isso tive a minha segunda filha. Se não tivesse aparecido o meu segundo marido, eu a teria tido com qualquer um, ou sozinha! E com a menina me aconteceu exatamente o mesmo. Podia viver sem meu marido, mas não sem a minha filha.

Fico pasma. Ela nunca tinha me falado assim dos filhos, do que sentia. Aliás, nunca ninguém tinha me falado assim. Eu me pergunto se tenho alguma patologia.

— Talvez eu não tenha sido tão amada quando nasci. E este idioma eu não falava. — A Roberta me olha eu diria que com pena, me pega pela nuca e praticamente me obriga a colocar a cabeça sobre o seu ombro.

— Então talvez não tenha sido tão má ideia que elas viessem — me diz ao soltar-me.

— Talvez não..., ainda que a teoria seja muito bonita, mas depois a rotina estraga tudo. Não sei... Elas precisam fazer a vida delas, e nós a nossa, não acha?

— Sim... e nós a nossa..., mas é que eu já faço a minha com meus filhos e netos. Quero dizer que a minha é a nossa. Eles fazem parte da minha vida. — Calo-me como calaria se acabasse de perceber que encontrei a supersimetria. E me diz: — Agora, vai me dizer que não tinha vontade de ter outro bebê em casa!

— A verdade é que sim, a ideia me agradava. Deve ser a idade. Quando o Teo nasceu, não me entusiasmava tanto, eu me via jovem para ser avó! Como se não fosse comigo. — De fato, agora penso que é possível que eu tenha vivido toda a minha vida como se não fosse comigo. — Pena que a Remei perdeu o bebê..., coitadinha. — De repente sinto muita tristeza. Tristeza pelo bebê, por não ter podido nascer, e tristeza pela mãe, por não o ter conhecido.

— Quando você tem uma filha grávida, a ama por dois, né? — diz a Roberta, traduzindo o meu pensamento. Algo a que não respondo. — O que seria preciso para você voltar à sua cidade? — Hesito durante alguns segundos.

— Não sei. O que significa criar raízes?

— As raízes são as pessoas — me diz.

As raízes são as pessoas. E se a Roberta não existisse, não seria tão difícil para mim tomar essa decisão.

MARGA

A Remei propõe "dar um rolê" pela cidade (às vezes usa expressões da capital e a mim isso dá um pouco de raiva), aproveitando que o dia está tão bonito que parece primavera.

— Está a fim de dar uma voltinha, Jaume? — lhe pergunto. Agora que o tenho por perto, não quero perdê-lo nem por um momento mais, senti saudade dele por mil anos seguidos. Nesta noite o Jaume e eu voltamos àquela cama de viúva onde nos dissemos que fazia anos que nos amávamos. E hoje voltaremos a fazer isso, e pelo jeito ainda levaremos alguns dias até aprendermos a fazer amor juntos, mas não nos importará, percorreremos nossas mãos, as linhas dos nossos corpos imperfeitos e maravilhosos, e nos perguntaremos onde foram parar as águas que choveram outra noite enquanto nos beijávamos pela primeira vez.

Quando estamos quase chegando diante da que foi nossa casa, o Jaume diz:

— Este pátio é o de vocês, né?

— Como? — digo. A Remei diz o mesmo com a língua do silêncio.

— Digo, este pátio é o de vocês. Não? Bom, deve ser da Erne agora..., antes era do Amador, isso com certeza.

— Como assim agora? — pergunto. A Remei já está tirando uma foto e mandando para a minha mãe num grupo que temos as três, chamado "Apenas o imprescindível", com o texto:

"Este pátio é seu?"

"Sim", responde em seguida.

"???", digita a Remei.

"WTF", digito eu.

"Que significa WTF?", pergunta.

"Não importa. Explique-se", diz a Remei.

"Era para ser uma surpresa. Era do seu pai."

"Uma surpresa? Para quando?", quero saber.

"Para quando eu faltar. Mas, bom, surpresa revelada. Façam o que quiserem com ele, menos vender ou construir."

O pátio deve ter uns trezentos metros quadrados, na verdade é um terreno fechado por quatro muros de pedra. (Uns muros muito bonitinhos.) Acho que por isso o Jaume chama de pátio. Não que neste momento este pátio nos pudesse solucionar qualquer problema, se ali só cabe uma casa e nem temos dinheiro para construí-la. Por enquanto, a única coisa que nos ocorre é plantarmos ali, agora sim, um limoeiro, um pinheirinho, uma buganvília e quatro roseiras. Sempre quis ter roseiras e até hoje não pude porque as roseiras exigem muita, muita terra.

À noite, quando a Remei e o Teo se fecham no quarto, o Jaume e eu ficamos sozinhos no sofá e começamos a brincar daquilo que costumávamos brincar em outra vida: escolhe você uma música agora, depois eu escolho. Enquanto ele me abraça, ponho uma canção do Battiato que afirma que, quando você está aqui comigo, este quarto já não tem paredes, e sim árvores, um arvoredo infinito. Quando você está ao meu lado, aquele teto violeta não existe, posso ver o céu sobre nós, que ficamos aqui abandonados como se não houvesse nada mais, nada mais no mundo. O Jaume me olha como se eu fosse a oitava maravilha, e me sinto como se ele estivesse dizendo você é perfeita e amada, e isso é tudo que estive buscando a vida toda, um amor assim.

"Ouve a dissonância aqui, olha que tristíssima", me diz enquanto toca agora o final de "Atmosphere", embora eu o ouça falar ao longe, talvez me fale de dentro de mim ou de uma outra era. Porque o olho e vejo o seu passado e o meu futuro tudo ao mesmo tempo, dentro da mesma caixa de papelão onde tudo está presente, minha mãe, meu pai, nós jovens e nós velhos, e me pergunto se dessas caixas não vamos apenas tirando slides de maneira aleatória, numa espécie de te amo atemporal, presos a um universo circular onde tudo acontece e não acontece ao mesmo tempo, e tudo é formado dos mesmos átomos, sejam do passado ou do futuro, os que sempre houve, desde a explosão do primeiro sol, que seguirá se transformando depois de nós, se é que existe um depois, se é que existe um nós, se é que o tempo é uma coisa.

Agradecimentos

A Eugènia Broggi, a minha editora, por me colocar a baliza mais alta do que eu me colocaria e por acreditar que a alcançaria. A Ramón Conesa, o meu agente, sempre atento e disponível. A Eva Piquer, pelos conselhos e as leituras. A Maria Sancho, pelo assessoramento linguístico do dialeto catalão da Terra Alta. A Esperança Sierra, por me ler com vontade e na versão bruta. Ao meu pai e à minha irmã, pela rigorosa informação médica e psiquiátrica. À minha mãe, porque sempre é preciso agradecer a uma mãe por tudo. Ao Carles, por me servir de musa. E aos leitores que me seguem e às vezes me dizem coisas bonitas.

Capa Rafael Nobre Studio
Tradução Rodrigo Leite
Revisão Íris da Silveira

Dados Internacionais de Catalogação na Publicação (CIP)
(Câmara Brasileira do Livro, SP, Brasil)

Climent, Maria

Era o hino lá de casa | Maria Climent : tradução Rodrigo Leite — Rio de Janeiro : Meia Azul : Ímã editorial : 2025, 248 p; 21 cm.

Traduçao de : A casa teniem um himne

ISBN 978-65-983770-3-8 Meia Azul
978-65-86419-45-0 Ímã Editorial

1. Literatura Catalã 2. Relação Mãe-Filha. 3. Histórias de família - Abuso. I. Título.

CDU 821.134.2 CDD 849.9

Pedro Augusto Brizon de Jesus (CRB-7/6866)